KB241630

알래스카의
썰매타는아이

국립중앙도서관 출판시도서목록(CIP)

알래스카의 썰매타는 아이 / 조안 벨 지음 ; 박미낭 옮김. -- 서울 :
파라북스, 2012
  p. ; cm. -- (마음을 키우는 문학여행 ; 6)

원표제: Breaking trail
원저자명: Joanne Bell
영어 원작을 한국어로 번역
ISBN 978-89-93212-49-5 43840 : ₩9800

동화(이야기)[童話]

843-KDC5   CIP2012005129

Breaking Trail

Copyright © 2005 by Joanne Bell

First published in Canada by Groundwood Books Ltd.

www.houseofanasi.com

Korean translation copyright © Parabooks Publishing Co., Ltd. 2012

Korean translation rights arranged with Groundwood Books

through The ChoiceMaker Korea Co.

이 책의 한국어판 저작권은 초이스메이커코리아를 통해
Groundwood Books와의 독점계약으로 파라북스에 있습니다.
저작권법에 의해 한국 내에서 보호를 받는 저작물이므로
무단전재와 무단복제를 금합니다.

알래스카의 썰매타는 아이

조안 벨 지음
박미낭 옮김

파라주니어

마음을 키우는 문학여행 6

알래스카의 썰매타는 아이

초판 1쇄 인쇄 2012년 11월 10일
초판 2쇄 발행 2015년 4월 15일

지은이 | 조안 벨
옮긴이 | 박미낭
펴낸이 | 김태화
펴낸곳 | 파라북스

편집기획 | 전지영
본문디자인 | 박광자
표지디자인 | 앤드디자인
그림 | 김영민
마케팅 | 박경만

등록번호 | 제313-2004-000003호
등록일자 | 2004년 1월 7일
주소 | 서울특별시 마포구 월드컵북로 93 301호
전화 | 02) 322-5353 팩스 | 02) 334-0748

ISBN 978-89-93212-49-5 (43840)

*파라주니어는 파라북스의 청소년 전문 브랜드입니다.
*값은 표지 뒷면에 있습니다.

프롤로그

베어의 머리가 트럭 천정에 닿을락 말락 한다. 베어의 코에 뽀뽀를 하고 나서 그 검은 털에다 얼굴을 묻는다.

그리고 이렇게 속삭인다.

"너처럼 똑똑하고 착한 개를 찾을 거야."

베어는 뉴펀들랜드 종과 아이리시 세터의 혼종으로 아빠의 대장견이다. 베어가 사자의 울부짖음만큼이나 깊게 컹 하고 짖더니 금이 간 자동차 앞유리를 쳐다본다. 나는 웃으면서 트럭 문을 쾅 닫는다.

"갔다 올게, 베어."

베어가 낑낑거리며 그 거대한 머리를 차창 밖으로 쑥 내민다. 베어에게 손 키스를 날리면서 나는 얼른 아빠와 톰 아저씨를 쫓아간다. 성질이 괴팍하고 흰 수염이 덥수룩한 톰 아저씨는 썰매 개 경주도 하면서 썰매 개 파는 일도 한다. 오늘 아빠랑 나는 톰 아저씨한테서 썰매 개를 살 생각이다.

"아빠, 같이 가요!"

나는 큰 소리로 아빠를 부른다.

오늘은 내 생애 최고의 날이다. 기억하는 한 난 이제껏 옆에서 아빠의 썰매 팀 모는 일을 돕기만 했다. 그런데 오늘 드디어 내 썰매 팀을 갖게 되는 것이다.

톰 아저씨가 사는 통나무집과 창고 여러 채를 지나자, 합판으로 지은 개집이 줄지어 있는 공터가 나온다. 개집마다 다리가 긴 허스키가 한 마리씩 쇠말뚝에 체인으로 묶여 있다. 개들은 쇠말뚝에 매인 채로 회전목마를 타고 있는 아이들처럼 말뚝 주변을 전속력으로 돌고 있다. 공기 중에 오줌 냄새가 코를 찌른다. 아저씨는 개들에게 말 한 마디 하지 않고 그곳을 그냥 지나친다.

"이 녀석들은 아주 귀한 놈들이야!"

아저씨가 개 짖는 소리 때문에 목소리를 높인다.

"이름 있는 경주 개 가문에서 나온 녀석들이거든!"

컹컹, 깽깽, 혹은 길게 울부짖는 개 울음소리로 귀가 터질 것 같다. 나는 귀에다 장갑 낀 손을 갖다 댄다. 여기 있는 개들은 다 똑같아 보인다. 거친 데다 어슴푸레한 회색의 형체들이 한 무더기로 움직이는 것 같다. 잘 달리도록 훈련을 받긴 했지만 누군가의 친구가 되는 데는 소질이 없어 보이는 개들이다.

"다른 개들은 없나요?"

"이놈들 말고는 도태시켜야 할 놈들 몇 마리뿐이야. 곧 없애 버릴 녀석들이지. 팔 만한 놈들은 아니야."

공터 끝에서 우리는 걸음을 멈춘다. 두 마리의 개가 조용히 자기 집 지붕 위에 웅크리고 있는 게 보인다. 우리에게서 최대한 멀리 떨어진 채. 그런데 하얀 양말을 신은 것처럼 발만 희고 온통 꾀죄죄한 검은 개 한 마리가 나한테 오려고 뒷다리로 일어나 춤을 춘다. 그러고는 내 눈을 빤히 쳐다보더니 강아지처럼 끼잉끼잉거린다.

톰 아저씨는 피우던 담배를 눈 속으로 던지고 나서 발뒤축으로 문질러 불을 끈다.

"아빠, 이 녀석들은 어때요?"

그런데, 아빠는 내 말을 듣고 있지 않다. 바지 주머니에 손을 쑤셔 박은 채 멍하니 먼 산만 쳐다보고 있다.

"친구가 유콘을 떠나면서 떠넘기고 간 녀석들이야."

톰 아저씨가 대신 말한다.

"밥도 아까운 놈들이지. 그 친구가 별짓을 다했는데도 썰매를 끌게 만들 수가 없었던 놈들이라고 하면서 맡기고 갔어."

나는 뒷발로 서서 춤을 추던 녀석한테 손을 내민다.

"안녕!"

귀 뒤쪽을 긁어 주면서 이렇게 속삭이자, 그 녀석이 무너지듯 주저앉더니 내 손을 핥고 내 다리에 몸을 기대온다. 토닥토닥 두들겨 줄 때마다 베어가 하던 짓을 그대로 한다.

"이 개들로 할래요."

이렇게 말하면서 나는 개들 쪽으로 걸어간다. 아저씨랑 아빠 둘 다 놀랐는지 몸을 움찔한다.

"썰매 개로 훈련시키려면 강아지를 몇 마리 사는 게 나아. 마침 한 배에서 나온데다 막 젖을 뗀 놈들이 있어. 이 세 녀석들은 아무짝에도 쓸모없는 놈들이라고 했잖아. 절대로 썰매를 끌지 못한다니까. 이렇게 말하고 싶진 않지만 결국 쏴죽일 녀석들이지."

그러나 아저씨가 한 발 늦었다. 나는 벌써 녀석들의 체인

대장견　　　　중간견　　　　바퀴견

을 풀고 있다. 제대로 다루기만 하면 이 녀석들은 날 위해 썰
매를 끌 것이다. 그리고 이 세 마리가 내 썰매 팀의 시작이
될 것이다. 언젠가는 이 녀석들을 데리고 경주에도 출마할
생각이다. 그리고 그때가 되면, 어쩌면, 어쩌면 아빠가 이 녀
석들을 훈련시키는 걸 도와줄지도 모르겠다.

　나는 이 쓸모없는 개 세 마리로 내 썰매 팀을 시작할 생각
이다. 이 녀석들을 훈련시키면서 썰매 개는 어떻게 훈련시켜
야 하는지도 배울 것이다. 그런 다음에는 새끼를 낳고 새끼
의 새끼도 낳게 해서, 가장 빠르고 또 가장 말을 잘 듣는 경
주 개가 적어도 15마리는 되게 만들 생각이다. 그리고 그때
쯤 되면 퀘스트(The Quest)에 나갈 수 있는 나이가 될 테니
까 경주에도 나가 볼 참이다.

　퀘스트는 2월에 열리는 개썰매 경주로 산길을 네 개나 넘

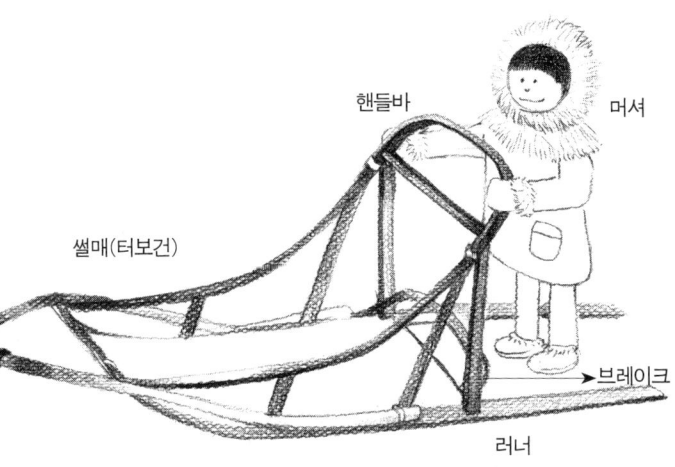

핸들바　머셔

썰매(터보건)

브레이크

러너

9

고, 유콘 강을 따라 페어뱅크스와 알래스카, 화이트호스, 그리고 유콘을 지나간다. 우승자는 대개 11일 정도 걸려 목적지에 도착하는데, 그 기간 동안 경주에 참가한 선수들은 바깥에서 텐트를 치거나 길가에 있는 짚으로 만든 집에서 잠을 잔다. 때로 경주 참가자들은 마지막 구간에 이를 때까지는 번득이는 오로라 아래 불을 피워 밥을 지어 먹으면서 함께 여행을 하기도 한다.

그러면 아빠는? 아빠는 내 경주 팀의 핸들러(썰매 운전자인 머셔를 돕는 조련사─옮긴이)가 될 것이다. 그건 몇 년 전 내가 경주에 나가고 싶다고 처음 이야기했을 때 아빠와 내가 한 약속이었다. 핸들러와 머셔는 항상 사이가 좋아야 한다고 아빠가 그때 그랬다. 썰매 개를 함께 돌봐야 하는 사이니까.

"아빠?"

개를 묶어놓은 사슬을 품에 가득 안은 채 나는 아빠를 부른다. 아무 대답이 없다. 검고 흰 개가 훌쩍 뛰더니 발을 내 가슴에 올린다. 지금 아빠는 더 이상 산을 보고 있지 않다. 이젠 땅을 처다보고 있다.

1

"베키, 채찍을 들어라!"

개 짖는 소리 때문에 아빠가 고함을 지른다. 썰매 개들이 뒷발로 서서 뛰면서 난리를 친다. 달릴 준비가 됐다는 거다.

"네가 따라올 때까지 계속 기다려 줄 순 없잖아!"

"안 돼요. 전 채찍은 쓰지 않을 거예요!"

길을 나선 첫날이다. 어깨와 다리가 쑤신다.

"그럼, 잘해 봐라!"

앞에서 길을 만들며 나가는 엄마의 모습은 이미 보이지 않는다. 아빠는 풀쩍 뛰어 러너(눈 위를 미끄러지게 하면서 개썰매를 지탱하는 스키 부분—옮긴이) 위로 올라타더니 브레이크를 확 잡아당긴다.

"가자!"

아빠가 여섯 마리의 허스키들에게 이렇게 명령한다. 그 말에 개들이 하나같이 앞으로 달린다. 순간 개들 사이를 잇는 줄이 탁 펴진다.

"가자! 출발!"

아빠의 대장견인 베어가 꼬리를 올린 채 일정한 속도로 걷는다. 그런데 내 대장견 진저는 마구를 찬 채로 제자리에서 빙빙 돌고만 있다. 한숨이 절로 나온다. 나는 러너에서 뛰어내려 썰매 뒤를 민다.

"출발!"

내가 무섭게 명령을 내리는데도 진저는 누워만 있다. 털이 하얘서 눈에 묻혀 잘 보이지도 않는다. 다리가 길고 허리가 높은 것이 영락없이 경주견이다. 체형만 보면 달리기에 알맞은데 성격이 너무 수줍어서 훈련시키기가 쉽지 않다. 내가 갑자기 움직이기라도 하면 순식간에 몸을 움츠린다. 과거에 학대를 받았거나 이 정도까지 훈련을 받아본 적이 없거나 둘 중 하나인 것 같다.

하지만 다른 머셔(썰매운전자─옮긴이)들처럼 소리를 지르거나 발로 차서 진저를 다루고 싶지는 않다. 오히려 나는 진저가 제대로 썰매를 끌면 맛있는 걸 주거나 등을 살짝 두들겨 줄 생각이다.

하지만 그러려면 어쨌든 진저가 몸을 일으키는 게 우선

이다.

"가자!"

중간견 페퍼가 공중으로 뛰어오른다. 오늘 아침 페퍼는
지나치게 흥분해 있어서 아빠가 페퍼의 머리를 들어 올려
주어서야 내가 간신히 마구를 채울 수 있었다. 페퍼가 흥분
할 때 씹으라고 가죽 조각을 목줄에 매주었다. 그렇지 않으
면 자기 마구를 물어뜯기 때문이다. 나한테 오기 전에 톰
아저씨가 그를 없애려고 생각했던 데에는 그런 이유도 좀
있었던 것 같다.

페퍼는 팬더처럼 얼굴은 희고 몸은 검은 개다. 쳐다보는
것만으로도 웃음이 나온다. 맨 처음 내가 쇠사슬을 풀어주었
을 때도 그는 으르렁거리는 대신 달려들어서 날 넘어뜨리지
않았던가! 페퍼가 가장 좋아하는 건 달리기다. 다만 뒤에 긴
썰매를 매달고 달리는 걸 좋아하지 않을 뿐이다.

썰매 바로 앞에서 끄는 바퀴견(썰매 바로 앞에서 힘을 쓰는
역할을 한다-옮긴이) 솔트가 낑낑거린다. 솔트는 몸이 마른
데다 1년이 채 되지 않는데도 겁이 엄청 많다. 회색과 흰
색이 섞여 있고, 코는 연필처럼 뾰족하고, 푸른 눈은 너무 맑
아서 얼음처럼 반짝인다.

"아무짝에도 쓸모없는 놈."

톰 아저씨가 내게 솔트의 체인을 건네주면서 한 말이다.

"이 녀석을 훈련시키는 건 시간낭비에 불과해."

오늘 아침 솔트에게 마구를 채워야 하는데 말을 듣지 않아서 질질 끌고 가야 했다. 한 걸음 한 걸음 옮길 때마다 솔트는 가지 않으려고 버텼다. 간신히 자리를 잡아주고 떠날 준비를 시켰는데 이번에는 몸을 공처럼 둥글게 만 채 움직이려 하지 않아서 다른 두 마리가 그를 억지로 끌고 가야 했다. 처음 몇 분간은 계속해서 끙끙거리다 울부짖다를 반복했다. 그 다음부터는 타박타박 걷는가 싶더니 썰매를 옆으로 끌다가 발로 땅을 파다가 한다. 하지만 페퍼가 앞으로 달리는 바람에 목줄이 휙 조여지자 그의 끙끙거림은 캑캑 하는 소리로 희미해져 간다.

"가자!"

나는 힘껏 소리친다.

진저가 멈춰서더니 몸을 쭉 늘인다. 저렇게 걸으려고도 하지 않는데 상은 무슨 상이야!

뱃속이 요동을 친다. 진정해, 내 스스로에게 말을 건다. 아빠는 이럴 때일수록 침착해야 한다고 하셨다. 그렇지 않으면 개들이 어떻게 알았는지 더 날뛰고 혼란스러워진다고. 개들에게 화가 나서 소리치는 건 최후의 수단이 되어야 한다. 그렇지 않으면 개들은 결코 주인을 기쁘게 하려고 하지 않을 테니까.

진저 옆으로 걸어가자 진저가 나를 피하려고 길옆으로 비켜선다. 다른 개들과 썰매가 움직일 때까지 나는 진저의 마구를 잡고 함께 걷는다.

"가자!"

나는 계속해서 이 말을 반복한다.

썰매가 길옆의 부드러운 눈 속으로 미끄러질 때마다 나한테도 베어 같은 대장견이 있었으면 좋겠다는 생각을 하게 된다. 나한테 오면 가버리지 않을 그런 개. 나한테도 믿을 수 있는 대장견이 있으면 좋겠다.

개들이 터벅터벅 걷기 시작한다. 개들이 미끄러지듯 앞으로 나가자 나는 핸들바(썰매운전자가 썰매를 조종할 때 잡는 부분―옮긴이)를 잡고 러너에 올라탄다. 그러면서 발을 번갈아가며 땅을 차면서 썰매를 민다. 그러다가 내가 땅을 차면서 미는 걸 그만두면 개들도 덩달아 썰매 끄는 일을 멈춘다.

저 멀리서 아빠가 자기 개들에게 "워워!" 하고 외치는 소리가 들린다. 나를 돌아보더니 아빠가 썰매를 다시 출발시킨다. 내가 오는지 보려는지 베어는 자꾸 뒤를 힐끔거린다.

처음으로 내가 내 썰매 팀을 몰았던 첫날 온종일이 이랬다. 아빠는 나를 기다리느라 얼마쯤 가다가 멈춰서기를 반

복했고, 내 개들은 내가 발로 땅을 차서 썰매를 밀면 그때
서야 눈곱만큼씩 움직였다. 그것도 시무룩해서 다리 사이
에 꼬리를 넣은 채로.

2

그날 밤 텐트 자락을 들춰 보니 아빠가 썰매 속에서 자고 있는 게 보인다. 아빠 뒤쪽으로 녹은 눈 때문에 미끄러운 산이 보인다. 아빠가 혼자 있을 수 있는 곳은 그곳뿐이다. 말을 하는 것조차 피곤하기 때문에 아빠는 거기 그렇게 혼자 있다. 터보건(앞쪽이 위로 구부러진, 좁고 길게 생긴 썰매–옮긴이)의 길이는 1.8미터 정도지만 폭이 너무 좁아서 등을 대고 납작하게 누워야 한다.

팔이 쑤신다. 오늘 개들이 달린 거리는 20킬로미터다. 20킬로미터를 달리는 내내 내 개들은 최소한 핸들바를 뒤에서 밀어 주지 않으면 좀체 썰매를 끌려고 하지 않았다.

추위 때문에 부르르 떨면서 나는 나무토막을 난로 속에 집어넣는다. 벽 텐트는 난로에 불이 꺼지고 나면 빠른 속도로

17

차가워진다. 벽 텐트는 뜨거운 난로의 파이프를 밖으로 내보낼 수 있게 양철 구멍을 내놓은 캔버스 천으로 만든 벽에 불과하고 지붕은 뚫려 있기 때문이다. 바닥엔 아무것도 깔려 있지 않다.

작년에 나는 동생 레이첼, 생강색 줄이 있는 고양이 태피와 함께 아빠의 터보건 썰매 백 속에 타야 했다. 태피는 늘 레이첼의 고양이인 것처럼 행동한다. 레이첼이 어디로 가든 그 뒤만 졸졸 따라다닌다. 레이첼이 태피를 썰매 백 속에 집어넣을 때만 예외다.

내 짐작대로라면 개썰매 여행은 태피를 미치게 만든다. 꼼짝도 못 하고 허스키의 짐짝이 되어 실려 가고 싶은 고양이가 세상 천지에 어디 있겠는가.

우린 지금 산에 있는 우리 집으로 가는 중이다. 전에 우리가 '우리의 트랩라인'(짐승이 많이 다니는 길목, 즉 덫을 놓아 짐승을 많이 잡을 수 있는 길을 이은 선-옮긴이)이라고 불렀던 곳에 지은 통나무집에 가고 있다. 1년 만이다. 아빠가 덫을 놓아 짐승 잡는 일을 그만둔 지는 벌써 몇 년 전이다.

"덫을 놓아 짐승을 잡는 건 지금은 죽은 생활 방식이오."

아빠가 엄마에게 이렇게 말했다.

"모피 시장의 수요가 바닥을 치고, 많은 나라들이 모피 판매를 금지하고 있소. 그 가격이면 덫을 놓아 팔 필요가 없지."

아빠는 어떤 상황에서든 웃는 사람이었다. 그러나 그 말을
할 때 아빠의 얼굴에는 웃음이 없었다.

"문제는, 내가 평생 숲에서만 살아온 사람이란 거요. 덫을
놓아 짐승을 잡아 파는 일 말고 무슨 일은 어떻게 해야 할지
도무지 모르겠소."

1년 전 여름 산에서 마을로 내려오고 난 뒤부터 아빠는
온종일 모자로 얼굴을 가리고 소파에 누워 지내기 시작했
다. 뭘 물어볼 때 빼고는 아빠는 이제 나한테까지 말을 걸
지 않았다. 내가 뭘 물을 때도 "그래" 아니면 "아니"라는
말 외에는 하지 않았다. 가끔 베어가 소파 옆 마루에 웅크
리고 앉아 있을 때에도, 그런 베어에게조차도 말 한마디 붙
이지 않았다.

엄마는 아빠의 뇌에 병이 들었다고 했다. 엄마 말에 따
르면 뇌도 몸의 다른 부분과 똑같았다. 다리가 부러질 수 있는
것처럼 뇌도 병들 수 있다는 것이다. 엄마는 아빠가 아픈 건
우리가 뭘 잘못해서라거나 아빠가 더 이상 우리를 사랑하지
않아서가 아니라고 했다. 아빠의 뇌가 병들었기 때문에 슬퍼
서 그런 것뿐이라고 했다.

아빠의 병에는 이름이 있다. 우울증이다.

올해까지 우리는 매년 가을이면 그랬듯 산에 있는 집으로

가 지낼 것이다. 학교 수업은 통신으로 듣는데, 오전이면 끝나기 때문에 오후에는 낚시하러 가거나 레이첼과 함께 숲으로 가 요새를 짓고 놀 수 있을 것이다.

산에 있는 집에 가면 통신으로 하는 수업조차 듣지 못할 때가 많았다. 썰매를 타고 트랩라인을 다 돌고 나면 벌써 하루가 가 버리기 때문이다.

엄마는 개 짖는 소리를 별로 좋아하지 않는다. 그래서 여행을 할 때면 늘 앞장서서 길을 개척하는 쪽을 택한다. 거기는 시끄러울 일이 없으니까.

엄마는 목공예가다. 그래서 엄마는 커다란 눈신발을 신고 걸어 다니면서 주변을 둘러보며 아이디어 찾는 걸 좋아한다. 그러고 난 날 밤이면 텐트 속에서 그걸 재빨리 스케치한 다음 시간이 있을 때 그 스케치를 보고 나무 조각을 판다. 엄마의 조각은 이제까지 내가 본 그 어떤 것과도 다르다. 엄마는 가문비나무나 자작나무로 판자를 만들어서 종이에 있는 그림을 연필로 옮겨 그린다. 그러고는 주머니칼을 꺼내서 나무에 그린 그림을 파낸다. 색은 칠하지 않지만 좀 더 어둡게 하고 싶으면 불에 그슬었다. 엄마는 조각을 할 때 자연스런 상태를 좋아한다. 검거나 흰 그냥 그대로의 자연스런 나뭇결과 나무 냄새 같은.

엄마에게는 이번 여행이 특별한 여행이다. 마을에 있는 새화랑의 주인이 엄마에게 가족생활과 숲으로의 여행이라는 주제의 조각을 만들어오면 사겠다는 제안을 했기 때문이다. 엄마는 다음달 마을로 돌아가면 여행 시즌에 맞춰 작품을 준비할 생각이다.

내게도 이번 여행이 특별하다. 평생 처음으로 내 썰매 팀을 몰고 있기 때문이다. 하지만 그보다는 아빠가 우울하기 때문에 이 여행이 더 특별하게 느껴진다. 엄마는 아빠에게 필요한 건 휴식이라고 했다. 아빠는 이제 더 이상 그 어떤 스트레스나 소음도 견딜 수 없기 때문이라고 했다. 그리고 때로는 산에 머무는 것만으로도 우울증을 극복하는 경우가 있다고도 했다. 산이 마음을 평안하게 해 주기 때문이다.

하지만 엄마가 우리에게 말해 준 게 전부는 아니었다. 아빠가 집에 계시지 않던 날, 엄마는 내가 잠들었다고 생각하고 친구와 전화 통화를 하고 있었다. 등을 내 쪽으로 돌리고 있어서 내가 듣고 있는 줄도 몰랐을 것이다.

"이 여행도 도움이 안 된다면 어떻게 해야 할지 잘 모르겠어."

엄마가 말했다. 잠깐 동안 침묵이 있었다.

"애들 아빠는 혼자 있는 게 더 나을 거야. 그게 애들한테도 더 낫고."

엄마가 다시 잠깐 동안 뜸을 들였다.

"이번에 새로 받은 약은 들을지도 몰라. 다른 약들은 아무 소용도 없었지만. 나도 애들 아빠한테 아무 도움도 못 됐고."

나는 더 이상 아무 소리도 듣고 싶지 않아 침대로 달려가 베개로 얼굴을 틀어막았다. 한밤중에 베어가 축축한 코를 얼굴에 갖다 댔다. 나는 베어가 내 침대에 올라와 자게 해 주었다. 그날 밤 베어가 옆에서 행복하게 코를 골며 자는 사이 나는 몸을 벽에 대고 웅크린 채 잠을 잤다.

이번 여행에서 통나무집까지 가는 데에는 한 주가 걸리고, 마을로 돌아오기 전에 그곳에 머물 수 있는 기간은 최대한 잡아도 3주다. 더 오래 머물면 눈이 녹아 개가 썰매를 끌기 어려워지기 때문이다. 엄마는 눈이 녹는 시기가 해마다 빨라지고 있다고 하신다.

아빠가 좋아질 수 있는 기간은 한 달. 그게 전부다.

엄마는 아빠가 좋아지긴 어렵다고 하셨다. 아빠는 자기가 다른 가족들을 힘들게 한다고 생각하고 있고, 그래서 느끼는 압박감에서 벗어나기 힘들기 때문이라고 한다. 아빠가 편하게 느낄 시간이 주어진다면 약이 들을 거라고도 하셨다.

"베키, 엄마 생각엔 이번 여행에 네 개들을 데리고 가지 않는 게 큰 도움이 될 것 같구나. 그 개들은 시끄럽기만 하지 썰매를 끌 줄도 모르잖아."

"안 돼요! 훈련을 시켜야 한단 말이에요."

"큰 썰매에는 그 개들 먹이 실을 자리도 없어."

"내 썰매에다 실으면 돼요."

"아빠가 힘들어 하실 거야."

"아빠는 그런 개들이 있는지조차 모르실 걸요."

아니면, 아마도 알고 있는지도 모른다. 아빠가 개들을 훈련시키는 나를 지켜보는 것으로 보아 나는 그렇게 생각했다. 하지만 그건 아직 아무에게도 말하지 않을 것이다.

게다가 엄마한테 말할 수 없는 비밀이 있기 때문에 내 개들을 집에 남겨두고 갈 수가 없다. 진저가 곧 새끼를 낳을 것이다. 진저의 몸이 워낙 불어서 엄마나 아빠가 자세히 들여다보기만 하면 금방 알아챌 텐데, 아직 그런 기미는 없다.

진저 뱃속에 든 새끼들의 아버지가 누군지는 모른다. 애초에 진저를 데려올 때 이미 새끼를 배고 있었던 건지 아닌지도 잘 모르겠다. 그런 상황이라 사실 이 여행에 진저를 데려가면 안 된다는 건 안다. 마을로 돌아올 때 썰매에 진저의 새끼들을 태우고 올 공간이 없을 것이기 때문이다.

하지만 우리가 떠나고 나면 여기서는 진저를 제대로 돌봐 줄 사람이 없다. 또 새끼를 낳을 때 내가 옆에서 돌봐 주지 않으면 진저는 내가 새끼들 근처에 얼씬도 하지 못하게 할 것이고, 그렇게 되면 그 후 새끼들은 사람을 신뢰하는 법을 배우지 못하며 자랄 것이다.

그리고 내가 이번 여행에서 진저를 훈련시키지 않으면 내년 겨울 진저가 자기 새끼들을 훈련시킬 수 없다. 훈련이 잘된 대장견이 있어야 새로 태어난 개들이 썰매 끄는 방법을 잘 배울 수 있기 때문이다.

오늘은 텐트에서 자는 첫날이다. 개들이 깔고 잘 수 있게 가문비나무 가지를 잘게 잘라 잠자리를 만들어 주었다. 나는 엄마를 도와 처음 눈에 띄는 나무의 가지를 잘라 텐트 쪽으로 길게 쌓는 걸 도왔다. 엄마가 내일은 내가 불쏘시개로 쓸 나무를 베어와도 좋다고 허락하셨다.

엄마는 가문비나무 토막을 길게 세워서 다른 쪽 끝이 그루터기에 걸쳐지게 한 다음 난로에 들어갈 길이로 톱질을 했다. 아빠는 아직도 썰매에 누워 자고 있다. 내 개들은 밥을 먹인 뒤 아빠의 썰매 옆에 묶어 두었다.

레이첼은 개들 위로 손을 얹고 걸으면서 발로 개들을 톡톡 찬다. 베어가 낑낑거리면서 그 뒤를 따르고 있다. 레이첼이 뭘 하고 있는 건지 궁금해 하는 것 같다. 하루 종일 아빠 썰매 짐 위의 썰매 백 속에 앉아서 왔기 때문에 레이첼은 지금 힘이 남아돈다. 그도 그렇지만 여기 오고 싶어 하지 않았기 때문에 화가 나 있기도 하다.

레이첼은 마을에 남아 체조 레슨을 계속 받고 싶어 했다.

요즈음 레이첼은 온통 그 생각뿐이다. 그렇기 때문에 어떻게든 가족들을 도와서 이 여행을 좀 더 편안하게 만들 생각이라곤 눈곱만큼도 하지 않는다.

내가 어렸을 때 여행을 할 때마다 아빠는 내가 내 썰매 팀을 몰게 될 때까지는 아빠의 썰매 팀 모는 걸 도와달라고 했다. 아빠는 여자도 썰매 개들을 몰 수 있고, 퀘스트 같은 경주에서 우승도 할 수 있다고 하셨다.

하지만 아빠의 개들은 썰매를 끄는 개이다. 그러니까 산에서 덫을 놓아 짐승을 잡는 이들이 부리는 일종의 일개들이다. 그런 개들은 경주를 하기엔 덩치가 너무 크다. 지금은 숲의 남자들처럼 썰매 개들의 시대도 끝났지만, 내가 좀 더 커서 정말로 경주에 나가고 싶다면 더 작고 다리가 긴 허스키들을 기르면 된다고 하셨다. 허스키처럼 덩치가 작은 개들은 지쳤을 때도 큰 개들에 비해 회복하는 속도가 빠르다고 하셨다. 큰 개에 비해 심장이 정상으로 돌아가는 속도가 빠르다는 것이다.

그래, 난 지금 진저 뱃속에 그런 개들을 기르고 있는 셈이다! 새끼들의 아빠가 누군지는 잘 모르시만 일단 진저는 다리도 긴 데다 말랐고, 빠르다.

또 오늘처럼 내 썰매팀을 몰면서 하루에 20킬로미터나 달린 것만 봐도 내가 진저의 새끼들을 돌보기에 충분히 컸다고 봐야 하지 않을까?

　내가 내 썰매 팀을 아무 말썽 없이 이끌고 개들이 내 명령에 잘 순종하게 만들면, 아빠도 반드시 내 능력을 인정해 주실 거다.

3

날이 춥다. 손으로 더듬어 모자를 찾아서 아무렇게나 놓고 일어나 그 위에 앉는다. 바닥에 깔린 순록 이불과 침낭 위로 눈이 소복하게 쌓여 있다. 내 자리는 문으로 쓰는 텐트 자락에서 가장 가까운 바깥쪽이다. 내 바로 옆에 화덕이 있고, 잘라 놓은 나무토막과 장비와 물품들로 가득 차 있는 박스가 하나 있다. 의자로도 쓰는 나무 그루터기가 몇 개 있고, 그 위에 접시가 잔뜩 쌓여 있다. 아빠는 요리를 쉽게 할 수 있도록 나무를 때는 화덕을 직사각형으로 만들었다. 크기는 화덕의 파이프를 분해해서 박스에 넣어 썰매에 실을 수 있을 만큼 작다.

양철이 더 이상 벌겋게 달아오르지 않는 걸 보면 불이 꺼졌다는 것을 알 수 있다. 컵에 절반쯤 남은 차가 꽁꽁 얼어붙

27

어 있다.

　다른 가족들은 자고 있지만 올해는 엄마 아빠가 깨울 때까지 자리에 누워 있지 않을 생각이다. 나는 벌떡 일어나 텐트 자락을 들추고 밖으로 나간다. 솔트와 진저가 나란히 몸을 웅크리고 자고 있다. 역시 잠들어 있는 페퍼의 다리가 움찔움찔거린다. 푸른색과 크렌베리 같은 붉은색의 오로라가 통나무집이 있는 계곡의 산 위에서 우리를 향해 하늘을 가로지르며 춤을 춘다.

　나는 베어에게 다가가 휘파람을 분다. 눈구덩이 속에서 자고 있던 베어가 벌떡 일어나 발을 내 어깨에 척 걸친다. 나는 베어의 코에 뽀뽀를 해 준다. 내가 하루도 빠짐없이 베어와 하는 아침인사다.

　"다시 가서 자."

　베어는 다시 엎드리고는 거대한 머리를 꼬리 밑에 감춘다.

　나는 가만히 서서 듣는다. 아빠는 하늘이 아주 맑을 때는 빛이 타는 소리를 들을 수 있다고 했다. 탁탁. 달은 개울 위에 떠 있고, 얼음 아래로는 물 흐르는 소리가 들린다.

　겨울 물소리는 재미있다. 어둠 속에서는 물소리가 아주 가깝게 들리는데, 실제로 물을 길러 가보면 몇 미터나 얼음을 잘라내야 한다. 물이 두꺼운 얼음 아래 있을 때는 압력 때문에 구멍 위로 물이 팍 치솟기도 한다. 하지만 때로는 물이 얼음 저 아래 아주 멀리 있을 때는 눈을 녹여 물로 쓰는 수밖에 없다.

눈을 녹인 물은 맛이 별로 없다. 게다가 약 20리터 정도 되는 개 사료용 냄비 하나를 채우는 데에도 끝도 없이 양동이로 눈을 갖다 부어야 한다.

오늘은 나 혼자서 불을 피워볼 생각이다. 문 옆에 쌓아둔 검불 더미에서 검불을 좀 집어서 안으로 가져간다. 그런 다음 초를 켜고 스토브 앞에 무릎을 꿇는다. 바깥에서 페퍼가 잠결에 행복한 듯 짖는다. 뭔가를 쫓고 있는 것처럼.

텐트 안에서 내가 불을 피워본 적은 한 번도 없었다. 이제까지는 늘 엄마와 아빠가 먼저 일어나 날 깨웠으니까. 하지만 엄마와 아빠가 하는 걸 수백 번도 더 봤기 때문에, 나는 화덕의 통풍구와 양철 문을 능숙하게 연 다음, 검불을 손으로 비벼서 불쏘시개로 만들어 재위에 올려놓고 촛불로 불을 붙인다.

아빠가 순록 이불 안에서 말한다.

"고맙다."

아빠를 쳐다본다. 아빠는 촛불 빛 이레 누워서 필을 목 뒤에 받히고 나를 쳐다보고 있다.

"안 그래도 추웠는데."

아빠의 목소리가 평안하다. 내가 개들을 잘못 훈련시키고 있다고 생각할 때 말고 최근에 아빠가 내게 말을 걸어온 적은 없었다. 어쩌면 엄마가 옳았는지도 모른다. 이번 여행이 아빠의 병을 치유할지도 모른다. 길을 나선 지 하루 만에 아빠가 이전의 모습을 되찾은 것처럼 보이지 않는가. 어쩌면 내가 이번 여행에 도움이 되고 있다는 걸 눈치 채고 계신 건지도 모른다. 아빠는 늘 내가 숲에서 유능한 사람이 되어서 자기와 함께 숲에 다니게 되기를 바랐으니까.

핸들바를 제대로 잡기에 나는 키가 너무 작다. 그래서 러너 위에 서서 내 뒤에서 균형을 잡고 있는 아빠와 함께 핸들바를 단단히 잡는다. 봄 햇살이 얼굴에 뜨겁게 내리쬐고 개들의 목줄이 젖은 눈 위를 달리는 러너의 쉭쉭 소리에 맞추어 딸각거린다. 가문비나무에 쌓여 있던 눈이 퍽 소리를 내며 아래로 떨어진다. 아빠와 나는 노래를 부르고 있다.

그런 뒤에 경고 한 마디 없이 아빠가 썰매에서 뛰어내리고 썰매 뒤에 서 있다. 껄껄 웃으시면서.

"워워!"

나는 베어가 겁을 먹을까 봐 조용히 개들을 세운다.

"안녕, 베키!"

아빠가 이렇게 말한다.

"난 걸어서 집에 갈 테니 집에서 보자."

안 된다고 하려고 입을 열었는데, "가자!" 소리가 나오고 만다. 베어가 앞으로 나가고, 다른 개들과 함께 터보건을 끈다. 러너 위에 서 있던 나는 핸들바를 놓칠까 봐 무섭다. 그런데도 통나무집으로 향해 가는 동안 내 입에서는 노래가 절로 나온다. 온 세상에 나랑 개들, 그리고 눈 위에 비친 햇살뿐이다.

텐트 바깥에서 나는 커피포트를 눈으로 채운다. 촛불 빛에 텐트 벽이 환하다. 오로라가 마른 숲에 번득이는 불 같은 형상으로 온 하늘에 타닥타닥 불꽃을 번득인다. 개들이 초조해한다. 진저가 자기 눈구덩이를 발로 건드리더니 낑낑거리면서 꼬리로 얼굴을 덮고 둥글게 몸을 웅크린다. 나는 무릎을 꿇고 진저의 목털을 헝클어뜨린다.

"안녕, 아가들아!"

나는 진저 귀에다 대고 이렇게 속삭인다. 진저의 귀가 씰룩거린다. 하지만 몸을 움직이진 않는다.

나는 학덕이 뒤쪽에 커피 물을 올려놓고 아빠를 위해 커피를 끓인 다음 머그잔에 붓고 우유와 설탕을 타서 아빠에게 건넨다. 아빠는 앉아서 컵을 받아든다. 나도 차를 타서 아빠 옆에 나란히 앉는다. 저 산 위로 해가 떠오르고 흰꼬리들꿩이 버드나무에 앉아 울고 텐트의 흰 벽 사이로 햇살이 스며들 때까지.

$$\cdots$$

엄마는 처음 2킬로미터 정도, 혹은 오전에 갈 길을 내야 한다고 눈신발을 쿵쿵거리며 나간다. 개들은 애초에 엄마의 눈신발 뒤에 올라가지 못하도록 줄을 맬 때 컹컹 짖고 난리도 아니다.

하지만 오후가 되자 날이 점점 뜨거워진다. 개들에게는 너무 더운 날씨다. 북극 개들은 털이 두꺼워서 기온이 눈이 녹을 정도로 오르면 일을 하지 못한다. 몸에서 수분이 급속도로 빠져나가기 때문이다.

이런 때는 엄마가 앞에서 강의 얼음 위에 만드는 길을 따라 썰매를 몰아야 한다. 엄마는 눈신발을 신고 가문비나무 막대기로 앞에 있는 얼음을 찌르면서 보폭을 넓게 해서 걷는다. 아빠는 여러 마리의 썰매 팀이 끄는 큰 썰매에 레이첼과 고양이, 그리고 모든 장비를 동여맨 썰매 백을 달고 엄마 뒤에서 달리고 있다. 레이첼이 고양이 태피에게 뒤로 몸을 젖혀 물구나무 서는 법을 설명하는 소리가 들린다.

나는 행렬의 제일 뒤에서 진저, 페퍼, 솔트를 몬다. 페퍼의 줄은 팽팽하다. 하지만 진저와 솔트는 썰매를 끌지 않기 때문에 줄이 느슨하다. 진저는 길을 따라가긴 하지만 마음이 딴 곳에 가 있다. 고개를 높이 들고 있는데, 그건 열심히 일하지 않는다는 증거다. 솔트는 할 수만 있으면 뒤로 달아나려고 한다. 페퍼는 무스(현재 지구상에서 가장 큰 사슴, 말코손바닥사슴이라고도 한다—옮긴이)들이 지나간 발자국들을 보고 미친 듯이 컹컹거린다. 그나마 다행인 것은 무스들의 발자취가 우리가 가는 방향으로 나 있다는 것이다. 무스들의 흔적이 길 중간에 다른 곳으로 갈라진다면 페퍼는 아마도 무스들이 간 방향으로 따라가려고 할 것이다. 흥분을 가라앉히지 못한 페퍼는 마구에 매달아준 가죽 조각을 계속해서 낚아챈다.

"안 돼, 솔트!"

이번이 다섯 번째다. 솔트는 마구를 찬 채로 그 자리에서 빙빙 도는 바람에 썰매가 그가 도는 방향에 따라 이쪽저쪽으로 기운다. 솔트는 나를 향해서 미끄러지면서 소리를 지른다. 다른 개들이 놀라 걸음을 멈출 때까지. 페퍼가 가죽조각이 아니라 솔트를 깨물었으면 좋겠다는 생각이 들 정도다. 마구가 엉키면 나는 썰매를 멈추고, 줄이 너 엉망이 되지 않게 한 손으로 페퍼를 잡은 채로 줄을 풀어야 한다.

엄마와 아빠는 저 앞에 가고 있다. 엄마랑 아빠가 얼음 위에서 이야기를 나누는 게 보인다. 하지만 솔트의 비명 소리 때문에 무슨 말인지는 들리지 않는다. 솔트가 단순히 놀라서 그런 건지 썰매를 끌고 싶지 않아서 그런 건지 잘 모르겠다. 내가 솔트를 가르칠 수 있다는 생각에 의문이 들기 시작했다. 아빠에게 새로운 개가 생겨서 훈련시켜야 할 때면 늘 내가 옆에서 도와주곤 했다. 새로 온 개들은 주로 이미 있던 개들에게서 많은 것을 배운다. 하지만 나한테는 어떻게 썰매를 끌어야 하는지 아는 개가 한 마리도 없다.

엄마는 계속해서 앞으로 나가고 있다. 엄마를 따라 구부러진 길을 돌았더니 거기는 둑에서 둑까지 단단한 얼음 위로 물이 넘쳐흐르고 있다. 엄마가 눈신발을 벗고 그 속으로 걸어 들어간다. 물이 엄마의 부츠 위로 흐른다. 그런 곳을 지나가야 한다는 게 겁이 난다. 나도 그런데 내 개들이 물속에서 썰매를 끌려고 할지 잘 모르겠다. 물속에서 수영하는 걸 무서워해서 붙잡고 건너야 하는 개도 있다고 들었다. 진저는 여차하면 내게로 달려올 기세다.

"워! 워!"

아빠가 정지명령을 내린다. 아빠의 썰매 팀은 이미 물속으로 들어가 있었다. 그런데 왜 아빠가 중간쯤 정지명령을 내린 건지 이해가 가지 않는다. 이렇게 멈추고 나면 개들은 다시 가려고 하지 않을 것이다. 게다가 엄마가 아빠 쪽으로 걸어와 이번에는 엄마까지 베어 옆에 선다. 베어가 물속에서 옆으로 누워 있다. 아빠랑 엄마는 베어에게 몸을 기울이고 있다.

나는 헉 하고 숨을 멈춘다. 안 돼 베어.

베어는 아름답고 덩치 큰 개다. 60킬로그램에 육박하는 몸무게에 꼬리에는 붉은 자두 모양의 반점이 있다. 가슴이 엄청나게 크고 경주견처럼 다리가 길다. 아빠는 뉴펀들랜드 종의 힘과 세터의 두뇌와 에너지를 가진 베어만큼 완벽한 개는 없다고 생각한다. 베어를 고른 사람이 바로 나라는 소리를 아빠한테 듣긴 했지만, 기억이 나질 않는다. 그땐 나도 베어만큼 어렸으니까.

아빠가 베어의 줄을 풀어서 안고 비틀거리면서 아빠의 터보건으로 간다. 레이첼 앞에 있는 짐 위에 그를 조심스럽게 내려놓는데, 베어는 숨을 할딱거리면서 옆으로 누워만 있다.

베어가 헐떡거리는 소리가 갑자기 커지면서 온 계곡에 울려 퍼진다. 날은 너무 덥고, 둑을 따라 난 가문비나무에서는 눈이 큰 덩어리로 뚝뚝 떨어지고 있다. 베어의 입에서는 거품이 흘러나오고, 숨소리는 이제 더 이상 숨소리처럼 들리지 않는다. 꺽꺽거린다거나 쌔쌔거린다고 해야 할 것 같다. 베어가 죽어가고 있다.

이번 여행에서 아빠는 어떤 스트레스도 받아선 안 되는데 평생 아빠 팀의 대장견이었던 베어 때문에 아빠가 받게 될

스트레스가 걱정이다.

"가자!"

아빠가 개들에게 외친다. 이젠 이집트가 대장견이다. 이집트는 고개를 돌려 물끄러미 아빠를 쳐다본다. 털이 검고 다리가 긴 데다 마른 개다. 조금 더 나이가 들면 베어와 짝 지어 주려고 아빠가 작년에 데려왔는데, 썰매를 끌 때 한 번도 대장 역할을 해본 적이 없어서 뭘 어떻게 해야 할지를 모른다. 엄마가 이집트의 목줄을 잡고 앞으로 끌어당긴다. 낑낑거리던 이집트가 멈추자 베어의 숨소리가 한층 더 거칠어진다.

진저와 페퍼, 솔트는 얼음 위에서 약간 앞쪽으로 미끄러진다. 그 바람에 나는 물속에 서 있다. 솔트가 자기 발톱으로 바닥을 긁더니 몸을 뒤쪽으로 기울이면서 끄응거린다. 얼음 위로 흐르는 물이 부츠 속으로 스며들고 바지를 적신다. 장갑 한쪽도 이미 젖었다. 하지만 지금 내게 신경 써 주는 사람은 아무도 없다. 다른 때 같았으면 엄마랑 아빠가 가는 내내 걱정하지 말라고, 다 잘돼 가고 있다고 나와 레이첼을 계속해서 안심시켰을 것이다.

엄마는 다시 썰매 팀 앞에서 걷고 있다. 하지만 이번에는 얼음을 두드리며 앞으로 나가기보다는 이집트를 부르며 뒷걸음질을 하고 있다.

"자, 이집트, 가자!"

하지만 개들은 갈 생각을 않는다. 베어가 대장일 때는 아빠가 좀 천천히 가라고 소리를 쳐야 했다. 아빠가 봇줄(개와 썰매를 연결하는 줄—옮긴이)을 매는 사이에 벌써 아빠를 질질 끌고 가기도 했다. 짐을 싣기도 전에 출발해 버릴까 봐 준비가 다 될 때까지 개들을 나무에 묶어 놓아야 할 정도였다. 하지만 베어가 없는 지금 그들은 봇줄을 느슨하게 한 채, 다리 사이에 꼬리를 축 늘어뜨리고 서 있기만 한다.

"가자!"

아빠가 다시 소리를 친다. 올해 들어 아빠가 개들에게 소리를 지른 적은 거의 없었다. 작년까지는 하루 종일 소리를 지르는 게 보통이었다. 화가 잔뜩 났을 때도 있었고 격려하기 위해서일 때도 있었다. 어쨌든 작년까지 아빠는 개들에게 말을 걸고 있지 않으면 휘파람을 불고 있었다. 하지만 올해는 개들이 아빠를 어딘가로 끌고 갈 때까지 아빠는 대부분 썰매 뒤에 서서 가만히 기다린다.

아빠는 언젠가 대장견이 없는 팀은 심장이 없는 거나 마찬가지라고 얘기한 적이 있다. 갑자기, 새끼를 뱄다고 해도 진저를 데려오길 잘했디는 생각이 든다. 내 팀에는 심장이 있는 셈이니까.

이렇게 썰매들이 강을 따라 내려가고, 엄마는 뒤로 걸으면서 이집트를 부르고, 베어는 짐 위에 누워 거품을 물면서 신음하고, 나는 억지로 솔트가 앞으로 나가게 하려고 솔트의 목줄에 매놓은 내 작은 썰매 옆에서 걸으면서 솔트의 목줄을 잡고 걷는다.

"나 내려갈래요!"

레이첼이 공포에 질려 소리를 지른다.

"베어 옆에 있기 무섭단 말이에요!"

"거기 그냥 있어! 네가 갈 곳이 어디 있다고?"

엄마가 이렇게 레이첼을 어른다.

"싫어요! 내릴래요."

레이첼이 고래고래 소리를 지른다.

엄마가 레이첼에게 뭐라고 대꾸를 하는데 알아들을 수가 없다. 베어의 신음소리가 점점 더 빨라지면서 동시에 급해진다. 얼굴은 더워서 달아오르고 있는데 내 몸에서는 갑자기 한기가 느껴진다. 우리 개가 썰매 위에 있는 모습을 보는 것은 난생 처음이다.

"워! 워!"

아빠가 소리친다.

순간 나는 내 개들에 대해서, 그리고 내가 그들을 떠나면 봇줄이 얽히지 않을까 서로 싸우지 않을까, 하는 모든 걱정을 싹 잊는다. 또 순록이나 무스 한 마리가 나타나 내 개들이 뒤쫓아가 버리면 어떡하나, 다시 찾아오지 못하면 어떡하나

하는 걱정도 잊는다. 대신 나는 엄마에게로 달려간다. 엄마
가 날 안아준다. 우리는 부츠를 적시며 물속에 서서 베어의
신음소리를 듣지 않으려고 안간힘을 쓴다.

"엄마! 제발 나 좀 내려 줘요!"

레이첼이 다시 소리친다. 얼굴이 눈물로 범벅이 된 채 레
이첼은 침낭 위에 서 있다.

엄마와 내가 레이첼에게로 걸어가서 엄마가 레이첼을 침
상에서 내려 준다. 동시에 아빠가 총을 꺼내 든다. 강의 얼음
위로 뜨거운 햇볕이 사정없이 내리쬐고 있다.

"베어의 심장이 멈추려는 모양이다."

엄마가 우리에게 말해 준다.

"썰매 개들에게 종종 이런 일이 일어나는데 왜 그런지는
아무도 몰라. 보통 썰매 개 근질환이라고 한단다."

아빠가 베어를 팔에 안는다. 베어를 안고 가는 아빠의 어
깨가 축 처져 있다. 아빠의 팔에 안긴 베어도 축 늘어져 있
다. 베어의 머리가 아래쪽으로 뚝 떨어져 있다.

나는 엄마를 밀어내고, 베어에게로 다가간다. 베어의 거대
한 머리를 안고 귀 뒤를 긁어 주면서 코에다 키스를 한다.

"안녕, 베어."

그리고 이렇게 속삭인다.

베어가 끄응 신음을 흘린다. 나는 할 수 있는 한 부드럽게

베어의 머리를 놓아 준다. 베어를 안은 아빠가 우리가 온 길을 되돌아간다. 베어가 새끼였을 때도 아빠는 한 번도 베어를 안아 준 적이 없었다.

고개를 돌려 아빠와 베어가 점점 더 작아지는 걸 쳐다본다. 레이첼은 썰매 위에 서 있다. 머리 여기저기가 젖어 삐죽삐죽 솟구쳐 있다. 엄마는 양팔로 우리 둘을 안는다. 그 순간에는 엄마의 품에 안기기에는 내가 너무 컸다는 생각조차 하지 못했다.

나는 얼굴을 가린 채 총소리를 듣는다.

"탕!"

그리고 또 한 번.

"탕!"

"괜찮아! 얘들아, 괜찮아! 베어가 고통을 느끼지 않게 하려면 이 방법밖엔 없어."

아빠가 나무로 걸어가 고개를 묻는다. 그런 뒤에 이상한 행동을 한다. 두 주먹으로 나무를 쿵쿵 때린다. 쳐다볼 수가 없다. 나도 장갑을 낀 손으로 눈을 마구 문지른다.

마침내 다시 볼 수 있게 되었을 때는 아빠가 우리에게로 걸어오고 있다.

"베어를 꼭 쏴 죽여야 했어요?"

레이첼이 얼굴을 잔뜩 찌푸린 채 격분해서 묻는다.

"좋아질 수도 있었잖아요?"

"그러지 못했을 거야."

아빠의 얼굴은 이번 여행을 떠나기 전 마을에서의 그 표정으로 돌아가 있었다. 꽝 닫힌 문처럼 단단하고 견고하게. 아빠는 둑 위로 빗자루처럼 가지를 드리운 가문비나무로 간다. 그리고 그 아래는 베어를 묻은 검은 둔덕이 있다.

아빠가 이집트를 체인에 묶는다.

어떻게 여길 떠날 수 있을까. 베어만 여기 이렇게 혼자 남겨두고 우리만 떠나려니 발걸음이 떨어지지 않는다.

내가 아기였을 때 나는 베어가 끄는 썰매에 타곤 했다. 아빠가 처음 베어에게 썰매 끄는 훈련을 시킬 때 짐 대신 나를 베어가 끄는 썰매에 태웠기 때문이다. 아무것도 변하지 않은 것처럼, 그때처럼 그냥 그렇게 살 수 있을까?

"미안하지만, 애들아."

엄마가 입을 뗀다.

"더 이상 물속에 이렇게 서 있을 순 없어. 움직이는 게 좋겠다."

엄마는 아빠에게서 사슬의 한쪽 끝을 받아늘고는 눈신발을 신고 앞서 나간다. 레이첼은 엄지손가락을 입속에 넣은 채 다시 침상 위로 올라가 고양이 태피를 안는다. 이번 한번만이라도 태피가 레이첼을 꼬옥 안아 주었으면. 나는 혼잣말로 중얼거리면서 썰매를 민다.

솔트는 앞을 보고 있다. 몇 분마다 한 번씩 간절한 눈빛으로 썰매를 뒤돌아보긴 하지만.

"안 돼!"

내가 이렇게 소리치면 얼른 고개를 앞으로 돌린다. 진저는 지금은 고개를 숙인 채로 썰매를 끈다. 하지만 페퍼는 여전히 썰매를 옆으로 끌고 가면서 낑낑거린다. 계속해서 썰매를 밀다가 내가 러너에 올라타기라도 하면 내 개들은 금방 멈춰 버린다. 진저는 똑바로 앞을 보면서 서 있고, 페퍼는 터보건을 끌려고 뒷다리를 들어 올린 채로 앞쪽으로 달려드는 자세를 계속한다. 솔트는 그 자리에 주저앉아 버린다.

"가자!"

그럴 때마다 나는 이렇게 외친다. 아주 열심히 한다고 볼 순 없지만 내 개들이 최소한 아빠의 썰매를 따르고 있는 것만은 확실하다.

베어는 잃었지만 그래도 얻은 게 있다.

• • •

오늘밤 우리는 강가에 텐트를 쳤다. 강둑에서 바로 산이 시작되는 곳인 데다 맞은편에는 깎아지른 듯한 절벽이 있다.

엄마는 절벽 때문에 아침에도 이곳엔 햇빛이 비치지 않을 거라고 하신다.

레이첼이 터보건에서 물건들을 내려놓는 사이에 아빠가 텐트를 친다. 나는 엄마를 도와 땔감으로 쓸 가문비나무 가지를 톱으로 썰고 또 그걸로 개들이 잘 수 있는 잠자리를 만들어 준다. 개들이 눈 위에서 자지 않으면 그만큼 먹이를 절약할 수 있다. 오랜 여행에서 대개 가장 무게가 많이 나가는 짐이 바로 개 사료라서 그렇게 해서 무게를 줄여야 한다. 게다가 그 위에서 자는 게 개들에게도 훨씬 편하다.

"이집트 잠자리가 이 정도면 됐는지 좀 봐 주세요."

이집트의 잠자리에 가지를 쌓아올리면서 아빠에게 묻는다. 하지만 텐트 바깥으로 화덕 파이프를 연결해 내고 있는 아빠는 아무런 대꾸도 하지 않는다.

나는 계속해서 나무를 자른다. 달이 떠오르고 별들이 나올 때까지. 일을 멈출 때마다 베어의 몸이 아직 식지 않은 채로 눈 속에 누워 있다는 생각이 난다.

아빠는 텐트 밖 그루터기에 앉아 담배를 피우고 있다. 우울증을 앓기 전에 아빠는 담배를 끊겠다고 약속했다. 하지만 지금은 전보다 훨씬 더 많이 피운다. 아빠가 담뱃불을 톡톡 눌러 끄더니 만약의 경우를 대비해서 남은 부분을 셔츠 주머니에 넣는다. 그런 뒤에 머리를 두 손으로 감싼다.

엄마는 촛불 아래 차를 마시면서, 터보건 브레이크를 함께 묶으려 하고 있다. 스케치 연필은 여느 때처럼 귀 뒤에 꽂혀 있지만 오늘 있었던 일을 스케치하진 않을 것이다.

대신 레이첼이 일기장에 그림을 그리고 있다. 산과 가문비나무와 강과 노란 태양을 그린다. 레이첼이 베어를 그릴 것 같아 얼른 밖으로 나온다.

나는 바깥에서 아빠의 어깨에 몸을 기댄다. 아빠에게선 아무 반응도 없다. 아빠 몸에서 담배 냄새와 땀 냄새가 난다. 이상한 일이다. 아빠에게서 아직도 옛날 아빠 냄새가 난다는 게.

"아빠! 뭔가 할 수 있는 일이 있지 않았을까요? 베어를 구하려고 하는 데까진 해 봤어야 했던 거 아니에요?"

아빠는 날 쳐다보지도 않는다. 달은 산꼭대기에 걸려 있고, 얼음 아래서는 물 흐르는 소리가 들린다. 하지만 아빠는 그 어떤 소리도 듣고 있는 것 같지 않다.

아빠가 이번 여행에서 좋아지지 않으면 어떻게 되는 걸까? 엄마는 정말로 아빠에게 우리를 떠나 달라고 요구할까? 나와 레이첼에게 그게 더 나은 걸까? 이번 여행에서 아빠를 기분 좋게 해주려고 내가 무지무지 애를 쓴다면 상황이 달라질 수 있는 걸까?

오랜 시간이 흐른 뒤에야 아빠가 말문을 연다. 목소리가 모기만해서 엄청 집중을 해야 겨우 알아들을 수 있을 정도다.

"그런 게 다 무슨 소용이냐."

아빠가 이렇게 말한 것 같다.

"바로 죽어 버렸는데."

나 같으면 제대로 싸워 보지도 않고 진저를 죽게 내버려두진 않았을 것이다. 나 같으면 텐트를 치고 진저를 따뜻한 텐트 안에 뉘였을 것이다. 퀘스트 경주 중에 개가 죽으면 머셔들은 개를 썰매에 태우고 다음 체크포인트까지 간다. 자기 개가 죽으면 대부분의 머셔들은 경주를 포기한다고 들었다. 할 수 있는 일이 아무것도 없었다고 해도 자기 개가 죽은 상황에서 경주를 계속할 마음이 나지 않기 때문이다.

나는 계속해서 아빠의 어깨에 몸을 기대고 있다. 하지만 그게 무슨 소용이란 말인가.

아빠는 지금 여기 없는데.

4

다음날 아침 어둠 속에서 잠이 깬다. 그리고 가만히 누워서 베어를 떠올린다.

　아빠가 베어를 데리고 들어오던 날 나는 동물 인형들과 놀고 있었다.
　"베키!"
　아빠가 날 부른다.
　"부츠 신어라. 네 인형들이 지켜봐도 좋고."
　아빠가 내 침대에 동물 인형들을 나란히 줄 세워 놓고 휘파람을 불어 베어를 부른다.
　"등에 타고 다닐 때처럼 올라타라."
　나는 베어 위로 올라탄다. 부츠를 신었는데도 발이 거의 땅에 닿질 않는다.

아빠는 내게 마구를 건네준다.

"오렌지색 목줄은 머리 위로 집어넣고, 앞다리 밑으로
는 봇줄을 넣어. 이렇게. 봤지?"

나는 아빠가 보여준 그대로 베어에게 마구를 입힌다.

"아니, 아니!"

아빠가 웃는다.

"다리가 들어갈 구멍에다가 머리를 넣었잖아. 이게 X자
로 돼 있는 거 보이지? 여기가 베어 등 위로 가 있어야
해."

여러 날 동안 나는 동물 인형들이나 사람 인형, 그리고
대부분은 명령에 따라 몸을 마구 비틀고 머리를 흔드는
레이첼에게 마구를 씌우며 논다.

그해 겨울에는 아빠가 자기 팀을 끌고 나갈 때마다 베
어의 마구는 나한테 씌우게 했다. 추위가 몰아닥치면 레
이첼과 나는 베어를 안으로 데리고 들어간다. 우리는 동
물 인형이 그의 친구라도 되는 것처럼 베어 옆에 나란히
줄 세워 놓고 식탁 주변을 달리게 하면서 논다.

텐트 속에 누워서 몸을 떨면서 나는 엄마와 아빠를 불러
난로에 불을 피워 달라고 할까 생각한다. 하지만 결국 내가
초를 더듬어 찾고, 침낭 속에서 옷을 끌어당겨 입고, 텐트 자
락을 밀어서 연다. 순록 이불에서 빠져나온 털을 얼굴에서
떼어낸다. 순록 털은 중간이 비어 있어 잘 때 덮으면 믿을 수

없을 만큼 따뜻하다. 하지만 문제는 있다. 털이 너무 잘 빠진다. 길을 나선 지 며칠만 지나면 찻잔에도 저녁밥에도 온통 순록 털이다.

밖으로 나가서 진저의 가문비나무 침대 옆에 선다.

"아가들아, 그리고 진저!"

내 기억에 자고 일어나서 베어를 부르지 않은 날은 오늘이 처음이다.

하늘은 별들로 소금을 뿌려 놓은 듯하다. 오늘은 더 좋은 날일 거야. 잘못되는 게 아무것도 없을 거야.

진저는 일어나서 기지개를 펴더니 내 손바닥에다 얼굴을 들이민다. 진저가 스스로 내게 온 건 이번이 처음이다. 그리고 지금 나한테는 이 세 녀석들뿐이다.

진저의 하얀 털이 달빛에 빛난다. 어젯밤 텐트를 쳤을 때 진저는 발로 마구를 머리 위로 벗겨 내더니 봇줄에서도 빠져 나왔다. 그런 뒤에 텐트를 향해 돌진하더니 몸을 숨기려 했다.

난 진저가 자랑스러웠다. 아빠의 개 중에서도 스스로 마구를 벗을 줄 아는 개는 없기 때문이다. 긴 코를 보면 진저에게는 콜리의 피도 섞여 있는 것처럼 보인다. 진저가 영리한 개인 건 확실하다. 언젠가 아빠가 뛰어난 대장견 가운데는 콜리 혈통의 개들이 있다는 말을 한 적이 있다.

진저가 새끼를 뱄다는 사실이 엄마 아빠에게 알려지는 건 이제 시간문제다. 나는 진저의 코를 살살 긁어 준다. 진저의 치켜 올라간 눈이 어둠 속에서 번득인다.

얼어붙은 강 건너 절벽 위에서 늑대 울부짖는 소리가 들린다. 버드나무 가지에 벽처럼 둘러싸인 채 나는 늑대 울음소리를 듣는다. 개들도 귀를 쫑긋 세우고는 있지만 움직이진 않는다. 늑대의 시선을 끄는 게 좋지 않다는 것쯤은 개들도 아는 것 같다.

몇 분쯤 지나 어젯밤 모닥불에 개 사료를 넣어 끓였던 냄비와 양동이들을 챙긴다. 이어서 도끼와 톱을 들고 담배 깡통 뚜껑에 박아 놓은 촛불 빛에 의지해서 내 터보건을 나무 밑동에 잡아맨다. 새로 태어날 진저의 새끼들을 경주에 내보낼 수 있게 훈련시키는 데 아빠의 도움을 받으려면 내가 이런 일쯤은 혼자서도 너끈히 할 수 있다는 걸 알려드려야 한다.

절벽 꼭대기에서 늑대가 쉬지 않고 울부짖는다. 순록이나 무스가 혼자 돌아다니고 있으면 개들이 컹컹 짖고 난리를 친다. 하지만 늑대가 울면 다르다. 쥐 죽은 듯 소용해진다. 늑대 무리가 개들 주변에 나타났을 때 엄마 아빠가 어떻게 하는지를 본 적이 있다. 하던 일을 계속하면서도 쉬지 않고 소리를 질러댔다.

"가! 가 버려!"

절벽을 향해 나도 이렇게 소리를 지른다.

담배통 밑에는 내 지도가 있다. 어젯밤에도 나는 오늘 지나갈 길이 어딘지 보느라고 지도를 자세히 살폈다. 세 개의 봉우리가 나란히 있는 산으로 보아 여기서 북쪽으로 방향을 틀어야 한다.

바람이 버드나무 가지를 흔들고 강 얼음 위에 쌓인 눈을 휘몰아간다. 북극광이 절벽에 얼룩을 드리운다. 빛들이 희게, 혹은 푸르게 번쩍이는가 싶더니 컴컴한 물속에 집어넣은 관솔불처럼 순식간에 사그라진다.

어젯밤 개 사료를 끓이느라 피웠던 모닥불의 재를 발로 톡톡 차 본다. 눈으로 둘러싸인 채 움푹 파인 곳에 있는 잿더미에는 아직 불씨가 남아 있다. 연기가 공터를 지나 강을 따라 날아간다. 봄의 버들가지에서처럼 공기 중에서 봄기운이 느껴진다. 나는 이끼로 뒤덮인 가문비나무 가지들을 끊어다가 불씨 위에다 듬성듬성 올려놓는다.

그러고 나자 그게 보인다. 진저처럼 뒤쪽으로 눈이 치켜 올라간 다리가 길고 홀쭉한 검은 늑대 한 마리가 강 건너 편 절벽에서 내려오고 있다. 늑대는 우리가 야영하는 곳을 보고 있다. 개들이 늑대를 보자마자 일어서서 어두운 버드나무 쪽으로 몸을 돌린다. 오로라의 색이 시시각각 변하고 있다. 보랏빛을 띤 청색과 자줏빛을 띤 분홍색이 불꽃처럼 번득이다 산 너머로 사라진다.

이제 늑대들은 나란히 언 강을 건너와 강둑 위로 오르고 있다. 개들은 나무를 향해 웅크리고 있고, 늑대들은 내 눈높이로 죽 늘어서 있다. 거리가 아주 가까워서 늑대들의 눈이 번득이는 걸 볼 수 있을 정도다.

베어가 있었다면 으르렁거리고 큰 소리로 짖어댔을 것이다. 늑대들이 근처에 나타나면 베어는 늘 그런 식으로 우리에게 경고를 보내곤 했다.

나는 또 한 차례 부러진 가지들을 불꽃 위에 올린다.

"야, 가! 가 버려!"

나는 아빠 흉내를 내서 늑대들을 위협한다. 불꽃이 눈 위에 그림자를 드리운다. 그런데 갑자기 늑대들이 사라지고 없다. 숲으로 들어가더니 잠깐 뒤에는 한 줄로 죽 서서 강을 건너가고 있는 게 보인다.

그동안은 찍 소리도 내지 않고 있던 솔트가 눈구덩이에서 낑낑거리기 시작한다. 늑대들이 완전히 모습을 감춘 뒤에서야 늑대들이 사라진 쪽을 향해서 사납게 짖어대더니 꼬리로 머리를 감싼 채 몸을 웅크린다. 그게 인상적이었는지 이번에는 페퍼가 비틀거리며 일어서더니 보이지도 않는 늑대들을 향해서 짖기 시작한다.

"잘했어!"

나는 페퍼의 등을 톡톡 두들겨 준다. 페퍼는 내 어깨에다 앞발을 척 걸치더니 나를 넘어뜨린다. 나는 웃으면서 눈 속으로 넘어진다.

• • •

날은 밝았다. 하지만 엄마 말이 맞다. 절벽이 햇빛을 가로막고 있다. 아빠는 언제나처럼 텐트 밖 그루터기에 앉아 있고, 나머지 식구들은 베이킹파우더를 넣어 구운 빵, 배넉(프라이팬에서 굽는 보리빵과 오트밀로 만들어진 정통 스코틀랜드 케이크-옮긴이)을 먹고 있다. 오늘 아침 배넉은 겉은 바삭바삭한 데다 크렌베리 잼이 스며들어 맛있다.

나는 엄마가 친구와 통화하던 내용을 마음속에서 지울 수가 없다. 엄마는 아빠가 계속해서 우울증을 앓는다면 더 이상 함께 살 수 없을 거라고 했다. 아빠는 이번 여행이 가족과 함께하는 마지막 여행이 될지도 모른다는 걸 알고 있는지 궁금하다. 베어도 죽고 없는 지금 아빠를 기분 좋게 할 방법이 있을까? 있기나 할까?

"서두른다면 나흘이면 도착할 수 있겠다. 이 정도 식량이면 그곳에서 몇 주 정도는 버틸 수 있을 거고."

엄마가 말한다.

"이 정도로 날이 더우면 눈이 금방 녹아 버릴지도 몰라요. 눈이 녹으면 개들이 썰매를 끌 수 없을 거예요."

이번에는 내가 말한다. 페퍼는 자기를 매어둔 나무를 흔들고 있다. 그리고 가지에서 눈이 떨어질 때마다 눈을 향해 달려든다.

"통나무집에 머무는 사이에 눈이 녹으면 등짐을 꾸려야겠지. 개들이 우리 짐을 나누어지고 가야 하니까. 썰매 개들이 짐을 지고 걸어가다니 볼 만하긴 하겠다. 하지만 식량을 지고 가려면 사람이나 개만으로는 충분하지 않다는 게 문제야."

개들이 지는 등짐은 두 개의 짐을 개의 가슴 아래로 해서 등 위로 끈으로 연결해서 지우는 것을 말한다. 양쪽의 무게가 같으면 개들은 짐을 지고 있다는 사실을 잘 의식하지 못한다. 그래도 문제는 있다. 썰매 개들은 날이 더워서 체온이 올라가면 물속에 풍덩 뛰어드는 걸 좋아한다. 그래서 젖으면 안 되는 물건이나 식량은 사람들의 등짐 속에 남겨두는 것이 안전하디.

"우리한테 등짐 자루가 몇 개나 있는데요?"

어른스러운 척하며 레이첼이 이렇게 묻는다.

"세 개 정도? 하지만 통나무집에 가면 가죽이 충분히 많으니까 더 만들 수 있어. 그거 만들 때 도와줄 마음이 있는 모양이지?"

"등짐 싸는 건 도울 수 있어요."

순전히 근육으로 된 18킬로그램의 몸을 똑바로 세우며 레이첼이 이렇게 말한다.

"작년에 텐트를 만들기 위해 자르고 남겨둔 가죽이 남아 있겠구나."

그루터기에 앉아 있던 아빠가 이렇게 말한다.

"게다가 난 썰매를 통나무집에 남겨놓고 마을로 돌아가고 싶진 않다."

아빠가 거기 있다는 사실을 잊고 있었다. 마을로 데려가야할 한 배의 강아지들이 있다는 사실을 알게 되면 아빠는 어떻게 나오실까?

그리고 처음으로 이런 걱정이 든다. 엄마랑 아빠가 혹시 그 강아지들을 데려가지 않겠다고 하면 어쩌지?

• • •

새로운 길로 접어들고 있다. 진저, 페퍼, 솔트와 함께 우리는 엄마 뒤를 바짝 따르고 있다. 진저가 갈 길은 아까보다 훨씬 부드럽다. 아빠의 팀과 썰매가 가면서 남겨 놓은 푹 파인 길이 아니라 엄마 눈신발의 흔적만 쫓으면 되기 때문이다. 그러나 아직도 진저는 고개를 숙이고 등을 구부정하게 한 채 썰매를 끌고 있다.

"정말 잘하고 있어! 너무 멋있어!"

진저에게 계속해서 말을 붙이는 게 우스꽝스럽게 들리겠지만, 나는 내 대장견이 내 목소리에 집중해 주길 바라는 마음에서 계속 말을 건다. 진저 때문에 마음이 뿌듯하면서도 동시에 태어날 강아지들을 생각하면 무서운 생각이 들기도 한다. 아빠의 큰 썰매를 앞서 나간 건 이번이 처음이다. 대장견이 없는 아빠로서는 이집트를 서두르게 하는 유일한 방법이 나를 앞서게 하는 것밖에 없어서 내 뒤를 따르고 있다. 그 방법이 아빠 마음에 들진 않겠지만 아빠는 아무 말도 하지 않는다.

"네 개들이 순록을 쫓아가 버리면 어떻게 할래? 그놈들을 못 가게 막을 만큼 네가 힘이 센 것도 아니고, 아직 개들이 네 말에 복종하는 것도 아니고. 네 개들에게는 훈련이 더 필요한데."

야영지를 떠나기 전에 이삐가 내게 물었다.

"갑자기 달아나진 않을 거예요. 그리고 그러지 못하게 훈련을 시키고 있는 중이에요."

"맘대로 해라."

아빠가 중얼거렸다. 그런 뒤에 아빠는 이집트가 내 썰매의 힘에 끌려서라도 속도를 낼 수 있게 만들 생각으로 이집트의 목줄과 내 핸들바 사이에 줄을 묶는다.

지금 내가 가장 바라는 게 있다면 그 줄을 풀어 버리는 거다. 앞으로 내가 경주에 나가게 되면 나는 이 모든 일을 혼자서 해낼 것이다. 아빠는, 내가 내 팀을 이끌고 중간점검 지점에 들어가고 나면 그때 도울 일이 없나 기다리기만 하면 된다.

"순록이 오나 안 오나 내가 지켜볼게!"

눈 속에서 물구나무를 선 채로 레이첼이 요란하게 떠든다.

"언니 개들이 도망가면 내가 도와준다니까."

레이첼은 물구나무선 자세에서 확 돌더니 두 팔을 하늘을 향해 치켜 올린 채 승리의 인사를 보낸다. 그러면서 이렇게 소리를 지른다.

"엄마! 물구나무 설 수 있을 만큼 땅이 단단해요!"

레이첼의 집중력은 눈벼룩만큼이나 순간적이지만 레이첼의 물구나무서기 실력만큼은 정말 부럽다. 아무도 보지 않을 때 나도 연습을 해야겠다고 마음먹는다.

아빠와 내 썰매 사이에 매놓은 줄이 느슨해진 걸 확인한 뒤 나는 아빠에게 지금부터 할 일을 큰 소리로 이야기하고 나서 두 발로 브레이크 위로 뛰어내린다. 브레이크는 내가

서 있는 썰매의 뒤쪽에 달린 네모난 쇳조각으로 배에서 닻을 내리듯이 발로 차서 조절하게 되어 있다. 진저에게 멈추라고 명령하면 멈출 것인지 확신이 없어 브레이크를 밟는 건 연습해 둘 필요가 있다. 아직까지는 진저가 한 번도 정지 명령에 따른 적이 없었으니까.

썰매를 정지시킨 뒤에 나는 내려가서 진저를 쓰다듬어 준다. 그러는 사이에도 아빠는 고개를 숙이고 아무 말이 없다. 아빠와 내 썰매를 묶어 놓은 줄이 성가시다. 그 줄에 걸리지 않으려면 썰매를 내릴 때마다 뛰어내려야 한다.

레이첼은 편안한 침낭 속에 앉아서 잘 한다고 계속해서 소리를 지른다.

"점점 더 나아지고 있어!"

아니면 이렇게 말한다.

"솔트가 앞으로 가고 있어!"

보온병에서 따뜻한 차를 한 잔 따라 마시고 난 다음, 나는 다시 썰매를 몰기 시작한다. 강 양쪽으로 산들이 점점 가까이 다가서고 있다.

엄마와 나는 북쪽에서 내려오는 개울을 찾고 있나. 삭은 물줄기들이 정확한 각도로 강의 주 줄기로 들어오는 경우가 많기 때문에 북쪽에서 내려오는 개울을 찾는다는 게 그렇게 쉬운 일이 아니다.

"이거다! 워!워!"

나는 진저에게 멈추라고 명령한 다음 썰매 뒤쪽의 브레이크를 밟는다. 양발로 브레이크 위로 뛰어내리고 나서 있는 힘을 다해 지탱한다.

"잘했어!"

레이첼이다. 뒤돌아봤더니 짐 위에 무릎을 꿇고 앉아 있다. 레이첼의 뺨이 햇빛을 받아 발그레하다.

엄마도 멈추더니 주머니에서 지도를 꺼내 펼친다. 그러고는 엄마가 눈신발을 신은 채로 길을 되짚어 오더니 아빠에게 이렇게 말한다.

"베키 말이 맞는 것 같네요."

물론 내 말이 맞다.

아빠는 아파 보인다. 얼굴이 창백한 데다 화를 내지 않으려고 애쓰고 있는 것처럼 잔뜩 굳어 있다.

"팀을 멈추면 안 돼."

아빠가 쏘아붙이듯이 이야기한다.

"이렇게 계속해서 멈추면 아무 데도 못 간다니까!"

나는 아빠에게서 고개를 돌린다. 아빠가 처음 내게 아빠의 팀을 몰아 보라고 했을 때는, 내가 5분마다 베어에게 멈추라고 고함을 질렀어도 아빠는 그냥 웃기만 했는데.

"개들이 내 명령을 듣는 법을 모른다고 아빠가 그러셨잖아요. 그래서 그걸 가르치고 있는 중이란 말이에요."

난 아빠에게 조용히 대답한다.

아빠가 어깨를 으쓱하면서 들릴 듯 말 듯 웅얼거린다.

"맘대로 해라."

"저 녀석이 왜 저러지?"

개들 사이를 묶은 줄을 따라 걸으면서 아빠가 중얼거린다. 나는 바람을 맞으면서 러너 위에 서서 발을 따뜻하게 하려고 계속해서 발을 동동거린다.

"달려!"

아빠는 이렇게 명령을 내리면서 베어가 길을 똑바로 가게 하려고 마구를 잡고 베어의 얼굴을 돌린다. 그러고는 썰매로 뛰어오른다.

그런데 베어가 왼쪽으로 방향을 튼다. 강 위 얼음에 아무 문제도 없어 보이는데 베어가 방향을 돌린 것이다. 그런데도 아빠는 베어가 가는 대로 내버려둔다.

돌아오는 길, 우리는 아까 베어가 방향을 틀었던 그 지점을 달리고 있다. 아까 베어가 가지 않으려고 했던 곳의 얼음이 녹아 푹 꺼져 있었다. 얼음이 꺼진 곳 아래는 물이 깊고 아주 빠른 속도로 흐르고 있다.

"내가 그때 화를 참지 못했다면……."

아빠가 조용히 말을 꺼낸다.

"베어가 내가 시키는 대로 했을 테고 그랬다면 우린 죽

을 뻔했구나! 머셔(썰매꾼)가 주인이긴 하지만, 베키, 그
건 네가 네 개를 존중해 주었을 때에만 그렇단다."

엄마가 아빠를 오랫동안 쳐다본다. 나는 아빠가 엄마에게
시선을 주지 않는 것을 눈치 챈다.

"괜찮아요?"

엄마가 묻는다.

아빠는 물끄러미 산만 바라본다. 따스한 햇살과 내가 길을
찾았다는 것과 솔트가 썰매를 앞으로 끌고 있다는 이 신나는
일들이 어디로 다 날아가 버린 것 같다.

"새 약이 약효를 발휘하려면 적어도 4주 동안은 약을 꾸
준히 먹어야 한다고 했어요."

엄마가 아빠에게 부드럽게 말한다.

"좋으실 대로."

아빠가 대꾸한다.

아빠 말에 엄마가 상처를 입은 건 아닌지 모르겠다. 전에
엄마는 아빠가 자기의 가장 친한 친구라고 말한 적이 있다.
그러면서 엄마는 내게 결혼을 하더라도 가장 친한 친구와 해
야 한다고 했다.

아빠가 주머니에서 담배를 꺼내 물더니 둥근 연기를 뿜어
낸다.

감기하고는 다른 거야. 아빠의 우울증에 대해 처음 이야기할 때 엄마는 이렇게 말을 꺼냈다. 누군가에게 옮기고 그런 건 아니라는 말이었다. 그런데 왜 내 기분이 이런 거지? 공기 중에 엄청 무거운 것이 매달려 나를 짓누르는 것 같은 그런 기분.

우리는 시내를 따라 북쪽으로 올라간다. 개들이 지칠 때는 점차 속도를 줄여 걸어가게 한다. 진저는 개들 사이를 묶은 봇줄을 팽팽하게 유지할 정도로 썰매를 끌고 있지만 갓 다져진 길을 그 정도 가는 것도 진저에겐 무리다. 새끼를 배고 있는 걸 생각하면 진저에게 일을 시켜선 안 되는데. 진저에게 무슨 일이 생기면 그건 다 내 잘못이다.

솔트는 오늘 해도 해도 너무한다. 다리 사이에 꼬리를 집어넣고 걸으면서 몇 분마다 한 번씩 나를 돌아보면서 낑낑거리다 다른 개들이 앞으로 나가서 줄이 당겨지면 그때서야 할 수 없이 끌려가는 식으로 움직인다.

페퍼는 있는 힘을 다해 썰매를 끌고 있다. 그래도 아직 멀었다. 길을 자꾸 벗어나는 바람에 썰매를 똑바로 끌지 못한다. 썰매는 계속해서 엄마가 눈신발로 다져 놓은 길을 벗어난다. 이것을 '개 트레킹dog tracking'이라고 한다고 언젠가 아빠가 얘기해 준 적이 있다. 그리고 그런 버릇은 쉽게 고칠 수가 없다는 말도. 팀의 다른 개들이 너무 느리다고 생각하고 그러는 것이기에 다른 개들이 더 빨리 움직이게 하는 것 외에는 별다른 방법이 없다.

"애들아, 가자!"

나는 목이 터지도록 외치고 또 외친다.

우린 다음 강 골짜기까지 가는 지름길에 들어서고 있다. 이 길이 아마도 25킬로미터 정도는 줄여줄 것이다. 아빠와 엄마는 지름길인 줄 알고 가면 늘 원래 길보다 더 오래 걸렸다고 농담을 하곤 했다.

언젠가 아빠는 걸어서 살펴보지 않은 새로운 길로 개들을 몰고 가서는 안 된다고 말한 적이 있다. 그 새로운 길에서 우린 작은 언덕들을 너무나 많이 만났고, 아주 가파른 언덕을 따라 썰매를 몰아야 했다. 엄마는 그 언덕이 너무 가팔라서 다시 뒤돌아보지도 못할 정도였다. 베어의 그 거대한 몸으로 버티지 않았다면 썰매기 아래로 곤두박질질 뻔한 적도 있었다.

하지만 지금은 그런 걱정은 하지 않을 것이다. 베어 말고 다른 생각을 하고 싶다. 어쩌면 새로운 길 때문에 모두가 베어 생각을 잠깐 잊을 수 있을지도 모른다.

게다가 나는 늘 내가 어디로 가는지 정확히 모른 채 가는 게 좋았다. 그것이 나를 자유롭게 만든다. 내가 머셔가 되려는 이유도 바로 그 때문이다. 경주에서 우승을 하는 것보다는 봄 눈 위에 빛나는 햇빛과 사방으로 열려 있는 산의 느낌이 좋아서다.

그리고 어쩌면 한 가지 더. 난 개들이 달리는 모습을 보는 게 좋다. 개들이 달리는 걸 보고 있으면 나도 그들과 함께 막 달리고 싶은 기분이 든다. 가볍게, 행복하게, 자유롭게.

해가 하늘을 가로지르고 있다. 우리가 가고 있는 길이 굽어지면서 양쪽으로 가파른 절벽이 나타난다. 절벽은 길을 따라갈수록 점점 더 높아진다.

먼저 본 건 나다. 흰머리독수리 한 마리가 가문비나무 위를 날고 있다. 가문비나무 숲을 막 벗어나고 있던 참이었다.

"저거 봐! 독수리 둥지가 보여!"

레이첼이 썰매 백 속에서 소리를 지른다.

"워! 워!"

이렇게 명령은 내렸지만 브레이크 밟는 걸 깜박했다.

그런데, 그런데도 진저가 멈춰 서는 게 아닌가! 진저가 똑똑하다는 건 이미 알고 있었지만. 그러고 나더니 진저는 마구를 느슨하게 한 채 등을 긁으려고 몸을 뒹군다.

"잘했어!"

정지한 일에 대해 먼저 칭찬을 해 준다. 그런 뒤에 바닥에 뒹군 것에 대해서는 단호하게 말한다.

"안 돼!"

진저가 당황해서 하던 짓을 멈춘다. 나는 진저를 일으켜 세운다. 지금처럼 머셔는 늘 명령을 한 번에 한 가지씩만 내려야 한다. 이것을 잊어선 안 된다.

"둥지야! 저것 봐! 나무 안에."

나는 레이첼에게 말한다. 둥지가 너무 커서 가문비나무가 무너져 내릴 것처럼 보인다. 그 옆의 나무에는 다른 흰머리 독수리가 앉아 있다. 독수리의 흰머리가 햇살에 반짝인다. 아빠도 그걸 쳐다본다. 우리가 지켜보고 있는 사이에 독수리가 날개를 펴더니 공중으로 날아오른다. 펼쳐진 날개가 얼마나 큰지 레이첼의 키만하다.

그 독수리는 자기 짝에게로 곧장 날아가더니 이젠 둘이서 개울 위 깎아지르는 듯한 절벽 저 위로 솟구쳤다가 공기의 흐름을 타고 다시 우리 쪽으로 곤두박질친다. 둘의 발톱이 서로 맞물려 있는 것 같은데 너무 빨라서 획인힐 길이 없다. 땅 가까이서 헤어지더니 다시 솟구쳐 오른다. 나뭇가지와 이끼가 범벅이 된 그들의 둥지가 얼마나 큰지 조그만 통나무집 만하다. 비버가 쌓아둔 나뭇단이 나무 위에 박혀 있는 것처럼 보인다.

봄 햇살이 뜨겁다. 가문비나무 가지에서 날아간 눈이 퍽 소리를 내면서 떨어진다. 그걸 보고 우리는 다 같이 웃음을 터트린다. 아빠도 썰매 위의 레이첼 옆에 걸터앉아 레이첼이 볼 수 있게 망원경을 들고 어딘가를 가리키고 있다. 아빠의 얼굴은 더 이상 굳어 있지 않다. 독수리들이 우리 머리 위로 바람을 타고 내려올 때 아빠가 다시 웃는 게 보인다.

올해는 아빠가 소리 내서 웃은 적이 없었다.

나무에 사슬로 썰매를 묶는다. 페퍼는 움직이고 싶어 안달을 하다가 공중으로 힘껏 뛰어오른다. 솔트는 내 눈에 띄지 않으려고 몸을 둥글게 웅크리는 바람에 회색 짐짝같아 보인다. 진저는 솔트 옆에 누워서 낑낑거린다. 녹아내리는 눈 위에서 햇빛을 쐬고 있다.

나는 개들을 묶은 줄을 따라 걸으면서 한 마리 한 마리를 꼭 안아준다.

"여기 있다."

아빠가 망원경을 건네준다. 나는 독수리 둥지에다 초점을 맞춘다. 나뭇가지들 사이에 깃털들이 박혀 있다.

"흰머리독수리는 해마다 새끼를 낳기 위해 자기 둥지로 되돌아온단다. 그러면서 둥지건 둥지를 튼 나무건 둘 중 하나가 무너질 때까지 계속 집을 고치지."

다 알고 있는 얘기인데도 아빠가 얘기하는 걸 들으니까 기분이 좋다. 아빠는 썰매 백에서 보온병과 육포를 꺼내고, 우린 썰매 위에 앉아 휴식을 취한다. 내리쬐는 햇빛과 불어오는 바람 속에서.

한 달. 엄마는 이번 약이 들으려면 적어도 한 달은 있어야 한다고 했다. 그런데 이번 여행이 그렇게 오래 지속되지 않을 수도 있다. 어쩌면 엄마가 맞을지도 모른다. 하지만 내 생각엔……. 아빠의 얼굴을 쳐다본다. 어쩌면 산에 머무는 게 사람을 기분 좋게 만드는 건지도 모른다.

오늘밤 야영할 곳이 수목 한계선 위라는 게 생각난다. 그렇게 높은 곳에는 가문비나무가 없다. 나는 썰매에 묶어둔 도끼를 꺼내들고 가문비나무 가지를 자른다. 한 나무에서 두세 개 이상을 자르면 안 된다. 더 자르면 나무가 죽을 수도 있기 때문이다. 그 가지들로 개들 잠자리를 만들어 주고 순록 이불 아래에 깔아 우리 잠자리도 만든다.

작년까지 엄마 아빠는 내가 도끼를 쓰는 걸 허락하지 않았다. 하지만 이번에는 내 도끼를 챙겨왔다. 도끼 없이 내 썰매 팀을 꾸릴 순 없기 때문이다. 개 잠자리를 만드는 데서부터 길을 내는 데까지 긴 여행에서 도끼는 여러 모로 없어서는 안 될 물건이다. 그리고 지금은 누구도 날 말릴 사람이 없다. 엄마가 아주 세심한 눈길로 나를 지켜보긴 하지만.

엄마 아빠가 차를 마시는 사이 나는 내 썰매 짐 위에다 가지들을 올려 묶는다. 옆으로 봤더니 태피가 썰매 백에서 머리를 슥 내밀더니 잠깐 멈췄다가 눈 위로 뛰어내리는 게 보인다. 태피는 쏜살같이 썰매로부터 멀어지고, 레이첼이 그 뒤를 재빨리 쫓아간다.

"달려!"

아빠가 태피를 응원하는데, 레이첼이 태피를 덮친다.

"잡았다!"

레이첼이 소리를 지른다. 레이첼은 배회하는 독수리들의 눈을 피해 헉헉거리는 태피를 썰매 백 속으로 거칠게 밀어 넣는다. 엄마는 보온병을 치우고 다시 눈신발을 신는다.

처음 이 고양이를 데려왔을 때 아빠는 이름을 '미친짓'이라고 짓고 싶어 했다. 개썰매 여행에 고양이를 데려가는 것은 미친 짓이나 다름없기 때문이다. 아빠는 역사상 어느 원정대도 짐 속에 고양이를 데려간 경우는 없었다고 했다. 이에 질세라 엄마는 아이들을 데려간 경우도 없었다고 했다. 그러자 레이첼이 '고양이도 아이들도 없이 여행을 하다니 탐험가들은 얼마나 지루했을까'라고 한다. 우리가 어렸을 때는 여행할 때 썰매에다 플라스틱 인형들까지 싣고 갔었다. 하지만 인형들은 나무에 부딪힐 때마다 차가운 기온 때문에 얼어서 깨져 버리곤 했다.

"가자!"

내가 진저를 향해 소리를 높인다. 진저는 간신히 서서 봇줄을 느슨하게 유지한 채 터벅터벅 걷는다. 너무 더워서 거의 앞으로 나가질 못한다.

목이 메어 온다. 새끼들이 태어나기 전에 통나무집까지 가야 할 텐데. 가는 중에 새끼를 낳으면 아빠가 기다려 줄까? 잎이 무성한 가문비나무에서 눈덩어리가 떨어진다. 페퍼가 뛰어오르더니 덥석 문다. 눈이 그의 부슬부슬한 머리 위를 강타한다. 페퍼가 한쪽으로 뛰어오르는 바람에 썰매가 뒤집히려고 한다. 나는 숨을 헐떡거리면서 간신히 밀어서 썰매를 바로 세운다. 눈이 꽤 무거운 것 같다. 물기를 많이 머금고 있다. 더운 날씨에 녹기 시작했기 때문이다. 봄이 우리가 예상했던 것보다 훨씬 더 빨리 오고 있다.

아빠의 개들은 내 썰매 뒤에서 터벅터벅 걸으면서 우리 썰매가 좀 더 빨리 가지 않는 것 때문에 짜증을 낸다. 썰매들이 부드럽게 녹은 눈길에 푹푹 처박힌다.

• • •

오늘밤 야영할 곳은 고도가 높다. 치누크(북아메리카 로키산맥 동쪽에서 부는 건조하고 따뜻한 바람–옮긴이)가 불고 있고,

반달이 눈 위에 그림자를 드리운다. 여긴 가문비나무는 없고, 자작나무와 버드나무 관목들이 거리를 둔 채 무리지어 자라고 있다.

텐트를 치기 전에 평평하고 마른 땅을 찾느라고 시간이 많이 걸렸다. 여기서 하룻밤 이상 머물면 텐트 친 자리는 거대한 진흙탕으로 변할 것이다. 그러면 레이첼이 기뻐 날뛰겠지? 화덕 옆에는 벌써 웅덩이가 생기고 있다. 아래쪽의 눈이 녹으면서 화덕의 양철 다리가 내려앉아 기우뚱해지고 있는 것이다.

아빠는 텐트 문 앞에서 땔감으로 쓰려고 베어 놓은 버드나무 단 위에 앉아 정상을 쳐다보고 있다. 들꿩들이 녹은 얼음 위에서 미친 닭처럼 캑캑거리며 발로 눈을 파헤치면서 서로 쫓아다닌다.

레이첼은 일기에 그림을 그리고 있다. 둥글고 검은 둥지가 있는 막대기 같은 나무 한 그루.

"둥지 안에 알도 있었을까?"

레이첼이 내게 묻는다. 레이첼은 다리를 쭉 뻗은 채로 공책을 무릎 위에 올려놓은 채 앉아 있다. 양 볼이 햇볕에 타서 발갛고 통통하다. 긴 곱슬머리는 귀 뒤로 넘기고 있다.

레이첼은 귀엽다. 레이첼이 말을 걸면 사람들의 얼굴에 미소가 번진다.

"잘 모르겠어. 그 안까지 들여다볼 순 없었잖아."

나도 그림을 그린다. 내 그림은 점점 더 어수선해지고 있다. 텐트도 있고, 그루터기 위에서 타고 있는 촛불도 있고, 강 위의 얼음과 모닥불을 쳐다보는 검은 늑대도 한 마리 있다. 하늘은 어둔 밤하늘을 가로질러 번쩍이는 갖가지 색의 오로라로 채운다. 바람은 어떻게 그리는 거지? 그걸 잘 모르겠다.

한 장을 넘겨 또 새로운 페이지를 시작한다. 아빠는 썰매 위에 걸터앉아 웃고 있고, 햇살이 숲속으로 쏟아지고 있는 그림이다.

"난 그게 마음에 든다."

배넉을 뒤집으면서 엄마가 이렇게 말한다. 엄마는 아직 스케치북을 꺼내 놓지도 않았다. 엄마답지 않다. 프로젝트를 앞두고 있을 때 엄마는 요리하는 걸 싫어한다. 그럴 때 요리를 하면 꼭 태우곤 했다.

배넉이 딱 알맞은 황금색으로 익었다.

"베키."

아빠가 쌓아 놓은 버드나무 가지 위에서 날 부른다.

"왜요?"

"늑대가 텐트 근처에 오면 나를 깨울래?"

텐트 문을 통해 달빛 속에서 아빠의 얼굴이 보인다. 아빠가 내게 말을 걸면서 나를 똑바로 쳐다보는 건 정말 오랜 만이다. 아빠의 얼굴을 정확히 볼 순 없지만 어쩐지 아빠가 웃고 있는 것 같다.

내일은 크렌베리를 찾아볼 생각이다. 키 작은 떨기나무인 크렌베리는 이끼 속에서 낮게 자란다. 가을이면 익지만 날이 아무리 추워도 열매는 봄까지 나무에 붙어 있다. 크렌베리가 자랄 만한 언덕을 찾아서 눈을 치우고, 그 아래서 겨울이 오기 전 신선한 상태 그대로 남아 있는 크렌베리를 찾아야 한다.

버드나무들은 노랗고 하늘은 푸르다. 햇빛이 내 얼굴과 머리에 따뜻하게 내려앉는다. 하지만 얼어붙은 땅에서 베리를 따느라고 손가락은 꽁꽁 얼어 있다. 멀리 통나무집의 화덕 파이프에서 뿜어져 나온 연기가 숲속의 빈터를 가로질러간다. 혼자서는 이보다 더 멀리갈 수 없다.

갑자기 덜컥 겁이 난다.

"베어!"

내 소리에 베어가 크렌베리를 따다 말고 이끼 속에서 고개를 든다. 베어가 천천히 내게로 걸어오고 우린 햇빛을 마주보고 땅에 드러눕는다. 베어는 그 거대한 머리를 내 가슴에 올린다. 가을 공기와 그의 따뜻한 털과 낙엽 냄새를 맡느라 나는 코를 킁킁거린다.

엄마가 배녁을 다 만들었다. 나는 우리가 로켓 연료라고 부르는 퍼지(버터, 크림, 설탕 등으로 만든 부드럽고 갈색이 나는 사탕 종류—옮긴이)를 만든다. 버터와 땅콩버터, 초콜릿을 녹인 다음 마른 베리와 가루설탕에 섞어 레이첼에게 맛보게 한다.

"초콜릿을 더 넣어야 돼."

"됐어!"

나는 딱 잘라 말한다. 레이첼이 초콜릿을 얼마나 좋아하는지 알기 때문이다.

그날 밤 자리에 누워 아빠가 새로 받아온 약에 대해서 생각한다. 또 우리가 아빠 없이 살 수 있다고 했던 엄마의 말에 대해서 생각한다. 아빠는 동물에 관해서 생각할 때나 우리가 어디로 가고 있는지를 생각할 때는 우울하다는 사실을 잊어버리는 것처럼 보인다.

진저를 묶어 놓은 나무에서 바닥을 긁는 소리가 들린다.

아, 안 돼. 새끼를 낳기 며칠 전부터 개들은 새끼 낳을 구멍을 파기 시작한다.

6

밤에 개썰매를 혼자서 몰고 있는 꿈을 꾸고 있는데 뭔가가 나를 깨운다. 아빠가 순록 이불 끝자락에 양반다리를 하고 앉아 촛불 빛에 의지해서 짐을 뒤지고 있다. 텐트 벽에 아빠의 그림자가 엄청나게 크게 드리워져 있다.

"뭐 해요?"

엄마가 부드럽게 묻는다. 나는 꼼짝도 않고 누워 있다. 내가 듣고 있다는 걸 모르게 하기 위해서다.

"아스피린 좀 찾느라고."

"썰매 백 속에 뒀는데. 어디 안 좋아요?"

아빠는 모카신을 신더니 화덕의 바람구멍을 연다. 나무가 활활 탄다. 구멍을 통해서 벌건 숯들이 보인다.

"머리가 아파서."

이렇게 말한 뒤 아빠는 화덕 위쪽에 얹어 놓은 커피포트를 들어올린다.

"미안해요. 내가 좋은 말벗이 못 돼서."

"당신 나한테 말을 안 하고 있잖아요. 당신이 무슨 생각을 하고 있는지 짐작하는 것도 이젠 지긋지긋해요."

아빠가 담배를 말아서 불을 붙인다. 우울증이 찾아오기 전에 아빠는 텐트 안에서 담배를 피운 적이 없다.

"말을 할 수가 없소. 내 속에 있는 문이 닫혀 있는데, 열 수가 없어요. 나는 문 저쪽에 혼자 있고."

엄마는 한동안 말이 없다. 엄마가 다시 잠에 곯아떨어진 거라고 생각한다. 그런데 아빠가 한 말의 뜻은 뭘까? 나한테는 아빠가 거기 더 이상 존재하지 않는 것처럼 느껴진다. 아빠한테는 그게 어떤 느낌인 걸까?

"이해할 수가 없어요."

한참 말이 없던 엄마가 마침내 말문을 연다.

"당신은 혼자가 아니에요. 우리가 있잖아요."

아빠는 담배를 길게 빨아들인다. 어둠속에서 벌겋게 타고 있는 담뱃불이 보인다. 아빠가 가루담배를 넣어둔 통 뚜껑에 담배를 비벼 끈다.

"나도 설명할 수가 없소."

아빠는 이렇게 말하면서 담배꽁초를 화덕의 바람구멍으로

획 던진다.

"악몽을 꾸고 있는데 꿈에서 깨어날 수가 없소. 미래가 보이지 않아요. 아무것도."

"하지만 난 당신을 사랑해요."

엄마가 말한다. 엄마의 목소리는 너무 나지막해서 알아들을 수 없을 정도다.

전에는 엄마랑 아빠가 화덕 옆에 앉아 차를 마시며 엄마의 조각품 아이디어에 관한 얘기를 나누면서 하루를 끝내곤 했다. 그때는 우리 없이 엄마랑 아빠가 둘만으로 행복할 수 있다는 사실 때문에 힘들었던 적도 있었다. 그런데 지금은 엄마랑 아빠가 그때처럼 그랬으면 좋겠다는 마음뿐이다.

"내가 지금보다 더 나아진다 칩시다. 그렇다고 내가 할 일이 뭐가 있겠소. 덫을 놔서 짐승을 잡는 걸로는 돈을 벌기 어렵고, 그게 아니면 달리 무슨 일을 해야 할지는 아무리 생각해도 알 수가 없으니 말이오."

아빠가 구부정하게 몸을 굽히고 텐트 자락으로 빠져나간다. 목소리로 봐선 울고 있는 것 같았다. 쐐기 모양의 얇은 별과 북극의 빛들이 열린 텐트 사이로 희미하게 빛난다.

제대로 된 개썰매 경주자에게는 핸들러, 즉 조련사가 있다. 내가 처음으로 경주에 나가고 싶다고 했을 때 아빠는 내 조련사가 돼 주겠다고 약속했다. 조련사와 경주자, 즉 머셔는 계속해서 얘기를 주고받아야 한다. 개에 대해, 경주 경로에 대해, 그리고 날씨와 장비에 대해. 조련사는 개의 잠자리를 만들어 주고, 개를 먹이고 머셔가 체크포인트에서 제대로 휴식을 취할 수 있게 해 주어야 한다. 내가 길에서 벗어날 때마다 아빠가 함께 있어 도와줄 것이다. 아빠가 함께 있는 걸 알면 개들도 편안해 할 것이 분명하다.

아빠가 돌아오는 소리를 듣고 자려고 오래 기다린다. 그러다 그만 잠속으로 곯아떨어진다.

· · ·

다음날 눈을 뜨자마자 침낭에서 빠져나와 화덕에 불을 붙인다. 물과 밀가루, 우유가루, 그리고 베이킹파우더와 소금을 넣어 배넉 반죽을 만든다. 화덕에 불이 붙는 사이 바깥에 나가 진저를 살펴본다.

아침 공기가 맑고 차다. 진저는 다른 날처럼 몸을 둥글게 만 채로 잠들어 있다. 그때서야 "휴우!" 하고 숨을 내뱉는다. 그때까지는 내가 숨을 참고 있는 줄도 몰랐다. 진저가 잠을 더 잘 수 있게 내버려두고 이제 페퍼에게로 고개를 돌린다. 페퍼의 갈비뼈를 만졌더니 눈 속에다 나를 넘어뜨려 놓고 핥는다.

"솔트!"

솔트는 내가 부르는 소리를 듣고도 나를 피해서 체인 줄 끝까지 도망간다. 이렇게 나를 믿지 못하는데 어떻게 제대로 썰매를 끌 수 있겠는가? 솔트와 눈높이를 맞추느라고 눈 속에 쭈그리고 앉는다.

"이리 와, 솔트."

솔트가 그 긴 코 아래로 나를 내려다본다.

"괜찮아. 착하지!"

부드럽게 말을 걸면서 그가 냄새를 맡을 수 있게 빈손을 내밀고 천천히 그에게로 걸어간다. 가서는 그의 귀 뒤쪽을 부드럽게 만져준다. 솔트는 고개를 숙이더니 나를 향해 고개를 살짝 들이민다.

"잘했어!"

다시 그 옆에 쭈그리고 앉아 그가 얼마나 멋진 개인지 그리고 앞으로 썰매를 끄는 걸 얼마나 좋아하게 될지에 대해서 몇 분 동안 중얼중얼 말해 준다. 솔트가 알아들었는지는 잘 모르겠지만 어쨌든 가까이 다가온다. 귀를 쫑긋 세우고 꼬리는 다리 사이에 집어넣은 채로.

마침내 커피 주전자를 들고 물을 뜨러 간다. 물소리를 들을 때까지 개울을 따라 내려간다. 도끼로 물소리가 들리는 곳의 얼음을 몇 번 내리치고 다시 귀를 갖다 댄다. 세 군데나 시도한 뒤에야 망치질을 한 곳 아래서 물이 흐르는 것이 보였다. 다시 내리쳤더니 구멍으로 물이 터져 주변을 흠뻑 적신다. 구멍을 좀 더 크게 만들고 나서 주전자를 집어넣어 물을 퍼 올린 뒤 텐트로 돌아온다.

버드나무 군락지가 계곡을 따라 여기저기 퍼져 있다. 들꿩들이 빠르게 달려 다니면서 눈 위에 자국을 남긴다. 아직 대부분이 겨울 색인 흰털로 뒤덮여 있지만 머리랑 앞쪽은 이미 갈색으로 변하고 있다. 새끼들이 태어날 때쯤 들꿩들은 버드나무껍질에 대고 있으면 눈에 띄지 않을 정도로 갈색으로 변한다.

이른 봄에 들꿩들은 산길에 떼 지어 살면서 영역다툼을 하며 짝을 찾는다. 썰매 끝 바로 옆에서 두 마리의 수컷이 서로를 향해 달려든다. 암컷은 물끄러미 쳐다보고 있다. 이맘때쯤 들꿩들은 날아다니기보다는 걸어 다니는 편이다. 개들이 쫓아갈 때조차도 바로 옆에 있는 버드나무 군락지로 얼른 날아올랐다가 다시 내려온다. 개들이 얼마나 들꿩을 먹고 싶어 하는지 개 짖는 소리에서 충분히 느낄 수 있다.

엄마는 내가 들꿩이 성하던 해에 태어났다고 했다. 그런 시기는 10년마다 한 번씩 돌아오는데, 그 해가 되면 툰드라

(이끼가 자라는 짧은 여름 외에는 대부분 눈과 얼음으로 뒤덮여 있는 넓은 들판―옮긴이)는 들꽃 천지로 변한다.

눈벼룩들도 이제 밖으로 나왔다. 검은 점 같은 것들이 눈 위 여기저기를 톡톡 튀어 다닌다. 눈 벼룩은 눈이 녹기 시작하면 갑자기 나타난다. 어제는 한 마리도 없었는데, 오늘 아침에는 눈을 녹여 물로 사용할 수 없을 만큼 여기저기 눈에 띤다.

"언니!"

레이첼이다.

"간다!"

한숨이 나온다. 자기가 하는 걸 지켜봐 주라는 레이첼의 요구가 점점 더 거세지고 있다. 나한테 돌봐야 할 개들이 있다는 걸 잊어버린 모양이다. 고개를 숙인 채 텐트 안으로 들어간다. 레이첼이 침낭 위에서 속옷과 양말만 신은 채 재주를 넘고 있다.

"이것 좀 봐."

이렇게 말하면서 레이첼이 연속해서 두 번 재주를 넘다가 텐트 벽에 부딪힌다. 텐트가 엄청 흔들린다.

"그만두지 못해!"

엄마 입에서 자동적으로 이 말이 튀어나온다.

"그러다 텐트 무너지겠다!"

엄마는 양반다리를 한 채 침낭 끝에 앉아서 무릎에 스케치북을 올려놓고 그림을 그리고 있다. 엄마의 긴 머리가 얼굴 위로 쏟아져 내려와 있다. 몇 분에 한 번씩 엄마는 종이를 찢어내서 뭉갠 뒤 고개를 들고 불 속으로 던져 넣는다.

아침식사 뒤에 나는 텐트를 접고, 화덕에서 재를 꺼내 눈 속에 버리고 썰매 짐을 싼다. 남겨놓은 배넉으로 솔트를 구슬려 보지만 솔트는 내게서 최대한 멀리 떨어진 채 몸을 웅크리고만 있다.

"우리가 친구가 됐다고 생각했는데."

이렇게 말하면서 배넉을 진저에게 던져 준다. 사람 먹은 음식을 개에게 주는 걸 아빠는 지독히 싫어하는데, 지금 굳은 얼굴을 한 아빠는 아무 말이 없다.

"어디 아파요, 아빠?"

레이첼이 통통 뛰어가면서 아빠에게 묻는다.

"바쁘다."

얼굴을 잔뜩 찌푸린 아빠가 이렇게 말한다.

"이야기할 시간 없어."

레이첼은 썰매 가방의 짐 위로 올라가서 오른쪽 엄지손가락은 입속에 넣고 다른 팔로는 태피를 끌어안는다. 나는 가서 레이첼을 안아 준다. 레이첼은 몸을 꼿꼿이 세운 채 내게로 안겨오지 않는다.

"내가 개들한테 마구 씌울 때 태피가 도와주고 싶어 할까?"

내가 이렇게 슬쩍 묻는다. 레이첼이 웃는 바람에 자연히 엄지손가락을 꺼내야 했다. 레이첼에게는 침낭 아래쪽에 쑤셔 박아 놓은 책들이 꽤 있다. 햇볕이 따뜻해서 페이지를 넘길 때 손이 얼지 않을 정도가 되면 레이첼은 책에 빠진다. 하도 수다쟁이라서 나는 레이첼이 똑똑하다는 사실을 곧잘 잊는다. 하지만 레이첼은 엄마가 통신학교 수업을 할 때 날 가르치는 걸 옆에서 보다가 스스로 읽는 법을 터득할 만큼 똑똑한 아이다.

엄마는 벌써 길을 다지며 앞으로 나가고 있다. 개들에게 마구를 씌우는 대로 우리도 곧 뒤따라가야 한다. 머리 위로 마구를 씌우자 진저가 깜짝 놀란다. 페퍼는 기쁘다는 듯이 컹컹 짖으면서 뒷다리로 뛰어오른다. 솔트는 나무 옆쪽으로 몸을 숨기려고 안간힘을 쓴다.

"자, 자, 솔트!"

솔트를 살살 달랜다. 그런데도 내가 상처를 입히기라도 하는 것처럼 솔트는 컹 하고 소리를 지른다.

"그만해!"

솔트를 질질 끌고 봇줄을 매러 간다.

"난 너랑 친하게 지내고 싶단 말이야."

나는 이를 악물고 봇줄을 맨다. 내가 머리 위로 마구를 씌우는 사이에 솔트는 다리 사이로 꼬리를 내려뜨린 채 가만히 서 있다. 그러던 솔트가 누워 버리는 바람에 그의 앞다리 뒤로 줄을 넣을 수가 없다. 강제로 일어서게 해 보려는데 끙끙거리면서 몸을 공처럼 둥글게 말아 버린다.

솔트가 날 이렇게 무서워하는 게 너무 싫다.

"받아!"

레이첼이 썰매 백에서 육포 하나를 던진다. 그걸 솔트에게 먹인다.

"착하지!"

코를 살살 만져주면서 어른다. 솔트가 서서 마구를 마저 채울 수 있게 해 주다니 기적이다. 회색 털로 뒤덮인 귀여운 그의 얼굴이 뭔가를 간절히 바라는 듯한 표정을 짓는다. 그가 처음으로 다리 사이로 꼬리를 올리고 흔든다.

"앉아!"

솔트가 앉더니 처음으로 내 얼굴을 똑바로 쳐다본다. 그에게 들고 있던 육포 반쪽을 건네준다. 언제 앉는 법을 배웠지? 누군가가 시간을 들여 솔트를 훈련시킨 게 틀림없다. 나는 솔트가 뒤로 물러서기 전에 솔트의 털을 헝클어놓는다.

"가자!"

이번에는 진저를 보고 명령을 내린다. 개들이 봇줄에 묶인 채 앞으로 내닫자 썰매가 움직이기 시작한다. 썰매가 날 듯 달릴 때 나는 핸들바를 잡고 뛰어오른다.

• • •

그날 오전 늦게 우리가 달리고 있는 개울은 두 산 꼭대기 사이로 올라가는 길이다. 엄마가 그 길을 가로지르더니 길을 홱 튼다. 해가 더 뜨거워지기 전에 여행할 수 있는 이 1분 1초가 우리에겐 아주 소중한 시간들이다. 왜냐하면 이곳에는 땔감으로 쓸 버드나무조차 없어서 야영을 하려면 길 저 끝에 있는 다음 개울에 도착해서 내려가야 하기 때문이다.

처음에 내 개들은 썰매를 잘 끌었다. 하지만 개울 사이로 난 길은 부드러운 눈으로 깊이 덮여 있고 눈에 반사된 햇빛이 너무 눈부신데 그걸 막아줄 나무는 한 그루도 없다. 이런 중에도 중노동을 해야 하는 진저 때문에 마음이 편치 않다.

낑낑거리던 솔트가 나를 돌아보더니 발로 땅을 파면서 멈춰 선다. 그러고는 이내 봇줄을 맨 채 눕더니 몸을 둥글게 웅크린다. 페퍼는 마구 속에서 위로 뛰어오르면서 어서 가자고 재촉이다. 하지만 앞에 선 두 마리의 개만으로 이 깊은 눈 속에서 솔트를 끌고 갈 수가 없다. 진저는 몇 번을 끌어 보더니 지금은 가만히 서 있다.

"가자!"

내가 고함을 친다. 아빠가 뒤에서 날 지켜보고 있다는 걸 알기 때문에 언덕을 뛰어올라가고 있는 것처럼 내 심장이 벌렁벌렁 뛴다. 솔트는 누군가에게 훈련을 받은 몸이야, 혼자 이렇게 중얼거려 본다. 솔트는 자기가 무슨 짓을 하고 있는지 알고 있다.

"솔트!"

내가 다시 고함을 친다.

"가자!"

솔트는 계속 웅크리고만 있다. 솔트가 움직이려 하지 않는 건 진저한테는 공평한 일이 아니다. 썰매를 다시 출발시키려면 진저가 더 힘들게 일해야 하기 때문이다. 솔트에게 누가 주인인지를 알려줄 필요가 있다. 개 팀은 늑대 무리와 같다고 언젠가 아빠가 얘기한 적이 있다. 개들은 머셔를, 늑대 무리로 말하면 대장 늑대와 같이 생각한다는 것이다.

솔트를 이 상태로 너무 오래 내버려둔 것 같다. 나는 솔트 옆으로 가서 최대한 나를 크게 보이게 만든 다음 허벅지까지 찬 부드러운 눈 속에서 내려다보다 홱 잡아 일으켜 세운다. 그런 다음 내 평생에 내 본 적이 없는 큰 소리로 고함을 지른다.

"말했잖아! 가자고!"

솔트의 귀에 대고 이렇게 소리를 질렀더니 놀랐는지 솔트
가 비명을 지르며 비틀거리면서 앞으로 달려간다. 썰매가 갑
자기 쌩 하고 출발하는 바람에 나는 간신히 썰매 뒤를 잡는
다. 핸들바를 잡은 상태로 얼마간 썰매와 함께 달린다. 개들
이 달리고 있어 봇줄은 팽팽하고, 봄의 산바람이 얼굴을 달
군다. 그러는 동안에는 아빠에 대해서도 진저의 새끼들이 어
떻게 될 것인지에 대해서도, 다른 어떤 것에 대해서도 생각
하지 않는다.

잠깐 썰매에 올랐다가 다시 한 발을 굴려 썰매를 민다. 내
팀은 신나게 잘 가고 있다. 뒤에서 레이첼이 노래를 부르기
시작한다.

"잘한다!"

나는 개들을 향해 소리를 친다. 햇빛 속에서 개들의 털이
반짝반짝 빛난다.

"잘한다, 얘들아!"

• • •

내가 밀어주지 않아도 2킬로미터 정도는 그렇게 잘 달린
다. 내 썰매 팀이 제대로 가고 있기 때문에 아빠의 개들도 뒤
에서 잘 따라오고 있다. 두세 번 정도 이집트가 나한테 부딪

혀서 내 발뒤축을 밟는다. 그것 때문에 넘어질 뻔하다가 리듬을 잃은 적이 몇 번 있다.

"워! 워!"

나는 팀을 정지시키면서 브레이크를 밟는다. 페퍼는 뛰어오르면서 썰매를 끌고 가보려 하는데 솔트는 나를 슬쩍 돌아보더니 몸을 웅크리고 앉아 버린다.

"잘했어!"

그런 뒤에 나는 뒤를 돌아본다.

"아빠, 내 썰매에 묶은 아빠 개들을 풀어야겠어요. 이집트는 이제 묶지 않아도 잘 따라올 거예요. 이집트가 계속 내 발에 부딪혀서 안 되겠어요."

아빠는 머리를 숙인 채 자기 썰매 뒤에 서 있다.

"그러면 이집트가 아예 가지 않으려고 할지도 몰라. 그냥 멈춰서 버릴 거다."

"갈 거예요."

아빠는 마치 내가 없는 것처럼 내 어깨 너머를 본다.

"제발요!"

"네 맘대로 해라. 가기나 하지."

나는 내 썰매에 묶었던 이집트의 끈을 푼다. 이집트가 자꾸 내게 부딪히는 바람에 훨씬 더 빨리 지친다. 눈이 지금보다 더 부드러워지면 나중에는 내가 뒤에서 썰매를 다시 밀어야 할지도 모르는데 그러려면 힘을 아껴두어야 한다.

해는 점점 뜨거워지고, 들꿩은 미친 듯이 운다. 햇살이 어찌나 눈부신지 그 속에서 흰 들꿩을 찾아내는 건 거의 불가능하다.

"까악! 까악! 까악! 까악!"

레이첼이 우리 왼쪽에서 싸우고 있는 수컷 두 마리에게 고함을 지른다. 태피는 침낭에서 고개를 쏙 내밀더니 침을 흘리면서 여차하면 쫓아갈 기세다.

"들어가!"

레이첼이 소리를 치면서 막 도망가려는 고양이를 붙잡는다. 레이첼이 뭘 하고 있는지 보려고 뒤돌아보고 있는데 내가 잠깐 한눈을 파는 사이에 내 썰매가 기울어지려고 한다.

"야, 네 고양이 좀 썰매에서 못 나오게 해!"

"그럴 거야!"

되받아 소리를 지르고는 레이첼이 또 엄지손가락을 입속으로 가져간다. 나는 내 개들 쪽으로 고개를 돌린다.

엄마는 저 멀리 가고 있다. 따라가 보려고 한참동안 뒤에서 썰매를 밀어 본다. 뜨거운 햇빛이 내 왼뺨을 달구고, 따뜻한 산들바람이 남쪽에서 불어온다. 페퍼만큼이나 털이 부숭부숭한 애벌레 한 마리가 눈 위를 꿈틀거리며 기어간다. 레이첼에게 그걸 보여 줬더니 손으로 애벌레를 들어올린다. 간

간히 나는 썰매 백에서 지도를 꺼내 주변과 지도를 대조해 본다. 경주에 나가려면 지도를 읽을 줄 알아야 한다. 솔트는 뒤돌아보면서 번번이 낑낑거린다. 하지만 이제 드러눕지는 않는다.

지도 읽는 법을 배운 것만으로도 이번 여행은 충분한 가치가 있다. 몇 년 동안 우리가 지나고 있는 지점이 지도에서는 어디라고 엄마 아빠가 말해주긴 했지만 이 길을 나 혼자 힘으로 지도를 읽으며 따라가 본 적은 한 번도 없었다.

해가 머리 위에 왔을 때 엄마가 쉬었다 가자고 한다.

"시간이 없잖소."

아빠가 반대한다.

"나무 있는 곳까지 가려면 다음 개울을 건너야 하는 데다 여기선 눈을 녹여 물을 마실 수도 없고."

"난 쉬어야겠어요. 애들도 뭘 좀 먹어야 하고, 개들도 너무 더울 거예요. 더 이상 밀어붙이면 나가떨어지고 말 걸요."

엄마는 이렇게 대답한다.

개들은 숨을 할딱거리고 있다. 길을 멈추자 양 팀의 개들 모두 옆으로 눕더니 몸을 식히려고 눈 속에서 뒹군다.

아빠는 아무 말도 하지 않는다. 몇 발자국 되돌아가더니 혼자 서 있다. 나는 차와 육포, 어젯밤에 만들었던 로켓 연료를 꺼낸다. 레이첼이 썰매 옆으로 폴짝 뛰어내리더니 태피가 잡을 수 없는 곳에다 애벌레를 놓아준다. 그러고는 눈 속에 드러눕더니 양팔과 다리를 움직여 천사를 만든다. 나는 태피가 들꿩을 따라가지 못하게 하려고 태피 머리 위에 침낭을 덮어씌운다. 레이첼도 이쯤은 생각해야 하는데, 아직 그런 것까지는 잘 모른다.

"네 고양이가 도망가려고 하잖아. 잘 봐야지."

엄마가 발로 레이첼은 간지럽힌다. 레이첼은 개처럼 계속해서 눈 위를 구른다.

"여기가 어딘지 알아요?"

몸을 구르다 말고 레이첼이 묻는다.

"힘이 남아도는구나."

엄마가 레이첼을 타이른다.

"그리고 언니 말이 맞다. 네 고양이니까 네가 잘 봐야지."

나는 썰매 백에서 지도를 꺼내 펼쳐놓는다.

"보세요!"

우리 앞에 있는 산을 가리키면서 엄마에게 말을 건다.

"저 정상 보이죠?"

나는 이번에는 지도를 가리킨다.

"1.6킬로미터만 더 가면 내려가는 지점이에요."

엄마는 앞뒤로 레이첼과 나를 번갈아 보며 웃는다. 레이첼과 나는 원래 사이가 좋은 편이라고 볼 수는 없다. 실제로 아빠가 우울증을 앓기 전까지 엄마와 아빠는 우리가 싸우는 게 정말 지긋지긋하다고 말씀하시곤 했다.

그런데 이제 레이첼은 나하고 싸우고 싶어 하지 않는다. 레이첼도 아빠를 기쁘게 해 드려야 한다는 생각을 하고 있는 것 같다.

"정말 대단한 로켓 연료군!"

엄마가 말한다.

우리가 날마다 먹는 퍼지를 로켓 연료라고 이름 붙인 건 레이첼이다. 그게 레이첼에게 엄청난 에너지를 주기 때문이다. 어젯밤 텐트에서 레이첼과 나는 번갈아가며 반죽을 섞었다.

전에는 아빠가 페미컨 볼이라는 걸 만들어 주곤 했는데 얼마나 맛있는지 모른다. 페미컨 볼이란 흑설탕과 땅콩버터, 그리고 크렌베리와 양념을 넣어 말린 순록고기다. 아빠는 페미컨 볼을 만드는 데 들어가는 양념에 관해서는 비밀이라면서 말해 주지 않았다. 다만 두 개 이상을 먹으면 그게 위속에서 부풀어서 위를 상하게 할 거라고만 했다. 하지만 아빠가 그걸 만든 게 언제 일인지 모르겠다.

아빠가 고개를 돌리자 이글거리는 햇빛 속에서 아빠의 깡마른 얼굴이 보인다. 요즘은 아빠 얼굴만 봐도 아빠의 기분을 알 수 있다. 아빠의 얼굴이 전과는 완전히 달라졌다. 나이가 더 든 것도 있지만 뼈만 앙상하게 남은 얼굴은 날카로워 보이고 눈은 더 커 보인다. 눈꼬리는 처져 있다. 나는 고개를 돌린다. 그러면서 아빠랑 내가 함께 놓은 덫을 살피러갔던 여행 생각을 한다.

"개 팀을 몬다는 건 말이다……."

나뭇가지로 모닥불의 불꽃을 들쑤시면서 아빠가 이야기한다.

"너와 네 개들을 믿는 거란다. 네 개가 네 기대를 저버리지 않을 것이고, 네가 요구하는 걸 해낼 거라는 사실을 믿어야 해. 명령을 내릴 때 신중하게 생각해야 하는 건 그 때문이지."

이글거리는 모닥불의 불꽃 저 멀리 숲은 별빛 아래 어두컴컴하다. 베어의 눈이 어둠속에서 번쩍인다. 다른 개들은 가문비나무 침대 위에서 고개를 꼬리에 묻은 채 곤히 잠들어 있다. 저 멀리서는 한 줄기의 오로라가 산등성이 위로 달빛 비치는 얼음 위에 깜빡거린다. 베어가 우릴 쳐다보고 있더니 컹컹 짖는다.

"네 생각에 안 되겠다 싶은 일은 개한테도 절대로 요구해서는 안 돼."

나는 따뜻한 불 곁을 떠나 베어에게로 가서 베어의 목에다 내 얼굴을 묻는다. 일어서서 베어의 갈비뼈를 따라 그를 만져준다. 베어가 내게 기대온다. 하늘은 거대하고 아름답다.

아빠가 불 위에 한 아름의 나뭇가지를 올린다. 나무들이 타닥타닥 타면서 불꽃이 일고, 깊고 둥근 하늘로 춤을 추듯 올라간다.

"아직 준비 안 됐어?"

아빠가 묻는다. 엄마는 눈신발을 다시 채우고 레이첼은 남은 로켓 연료를 들고 침낭 속으로 기어오른다.

"어제는 초콜릿을 더 넣어야 한다고 하더니 잘만 먹네."

내가 레이첼을 놀린다.

"정말? 내가 언제?"

레이첼이 되묻는다. 나는 고개를 젓는다. 레이첼은 신경을 거슬리는 일을 해놓고도 늘 기억나지 않는다고 시치미를 뗀다. 근데 그걸 다 기억하고 있으니 늘 나만 바보가 된다.

썰매 뒤에 탄 채 명령만으로 개들을 가게 할 수 있다면 얼마나 좋을까. 나는 솔트를 일으켜 세우고, 귀에 대고 고함을 지른다. 솔트는 놀라서 썰매를 끌고, 썰매가 제쁠리 앞으로 나갈 때 얼른 썰매 뒤로 뛰어오른다.

멈추려고 하다 미끄러질 때마다 나는 솔트의 곁으로 가서 고함을 지른다. 누가 자기를 때리는 것처럼 깽깽 짖으면서도 썰매를 끄는 걸 멈추지 않으니 다행이다. 솔트에게 계속해서 소리를 치는 내 기분도 좋을 리가 없다. 하지만 솔트가 썰매를 끌어야 진저가 조금이라도 편하니까 나도 어쩔 수 없다.

조금 지나자 아래로 다음 골짜기가 펼쳐져 있다. 스네이크 강이 절벽과 산 사이로 구불구불 흘러가고 있다. 북쪽을 향해 펼쳐져 있는 그 산을 오르면 우리 오두막이 나온다. 엄마는 얼마나 힘든지 자주 멈춰선 채 눈 속에서 한쪽 무릎을 꿇고 휴식을 취한다. 눈신발은 너무 크기 때문에 그걸 신은 채로는 어느 쪽으로도 앉아서 쉴 수가 없다.

강둑에서 32킬로미터쯤 올라가면 우리 통나무집이다. 그걸 마지막으로 본 게 아빠가 아프기 전이니까, 1년 전이다. 그때는 여기가 집이었는데, 한동안 오지 않은데다 그 사이에 너무 많은 일들이 일어나서 그곳이 다시 집처럼 느껴질지 잘 모르겠다. 아빠가 우리랑 같이 살지 않으면 여기로 돌아오고 싶은 생각도 들지 않을 것이다. 그런데 엄마는 어떻게 그게 최선이라고 생각할 수 있을까? 어떻게 아빠 없이도 삶이 계속될 수 있다고 생각하는 걸까?

너무 피곤해서 두 팔이 다 끊어질 것 같다. 나도 썰매에 타고 싶지만 나까지 끌고 가려면 개들이 너무 힘들 것 같아 그만둔다. 진저는 짐을 끌 게 아니라 지금쯤 짚이 깔린 따뜻한 집속에 있어야 한다. 애초에 진저를 이곳에 데려오지 말았어야 했다.

나는 계속해서 핸들바를 민다. 뜨거운 열기 때문에 개들의 에너지가 모조리 빠져나간 것 같다. 어떤 면에서는 집으로 가는 강을 보는 것만으로도 울고 싶다. 강을 보면 아빠가 병에 걸리지 않았던 때가 떠오르기 때문이다. 옛날의 아빠를 되돌려 받고 싶다.

마침내 야영을 할 수 있는 버드나무 군락지로 내려갈 때쯤 날이 저문다. 엄마가 땔감을 모으는 사이에 아빠가 텐트를 친다. 모두 일하고 있는데 레이첼은 춥다고 징징거려서 엄마가 모닥불 곁에 앉아 있게 해준다. 나는 개들의 마구를 벗기고 짐들을 푼다. 오늘밤 내 개들은 가문비나무 침대 없이 자야 할 것 같다. 가지를 자를 힘이 눈곱만큼도 남아 있지 않다.

진저가 내 손바닥에 자기 코를 박더니 문지르기 시작한다. 처음 데려왔을 때 그렇게 부끄러움을 타던 개라는 게, 처음 만났을 때 내가 있는데도 자기 개집에서 한 발자국도 움직이지 않으려 했던 개라는 게 지금은 믿어지지 않을 정도다.

레이첼이 걸어가더니 마른 가지를 뚝 부러뜨린다.

"아침에 땔감으로 쓸 가지를 충분히 모을 수 있겠어?"

내가 이렇게 묻는다.

"문제없어."

내내 그 생각을 해오기라도 한 것처럼 레이첼이 이렇게 대꾸한다.

"레이첼!"

"왜?"

"푸른 가지들도 끊을 수 있는지 볼래? 어쩌면 도끼 없이 끊을 수 있을지도 몰라."

레이첼이 까치발을 서서 가지를 부러뜨리고 있다.

"별로 어렵지 않은데! 언니 개들 잠자리를 만들어 달라는 거지?"

"그렇지! 그래 준다면 너무 좋지!"

저녁은 남은 배녁과 육포다. 엄마가 초콜릿과 마른 베리를 섞어 불에 끓이지도 않은 채 로켓 연료를 만든다. 아무도 보고 있지 않을 때 나는 진저에게 육포를 던져준다. 한입에 꿀꺽 삼키고 나더니 진저가 낑낑거리면서 다시 땅을 파기 시작한다. 어쩔 수 없이 따뜻한 텐트를 나가 진저를 위해 썰매에서 썰매 백을 꺼내주어야 한다. 눈치 채는 사람은 아무도 없다. 다들 너무나 지쳐 있어서.

저녁을 먹자마자 우리는 침낭 속으로 들어간다. 엄마는 아무 말이 없다. 어쩌면 진저가 새끼를 가졌다는 사실을 확인하고도 믿고 싶지 않은 건지도 모른다. 아니면 내 입으로 말해 주기를 기다리고 있는 것일 수도 있다.

근육이 쑥쑥 쑤셔서 잠이 드는 것도 쉽지 않다. 이리저리 뒤척이면서 가끔씩 아빠를 쳐다본다. 아빠는 양팔을 목 아래에 넣은 채 가만히 누워서 얼굴의 근육 하나 움직이지 않은 채 텐트 벽을 쳐다보고 있다. 눈은 크게 뜬 채.

우울하면 잠을 많이 잘 수 없는지도 모른다. 어쩌면 아빠가 베어 꿈을 꾸고 있는 것일 수도 있다.

"아빠!"

한번은 목소리를 낮춰서 아빠를 불러 본다. 대답은 안 하지만 아빠의 얼굴이 파르르 떨린다. 억지로 울음을 참고 있는 것처럼.

숲에서는 수리부엉이 울음소리가 들려온다. 짧게 다섯 번, 마지막으로 길게 한 번. 다른 부엉이가 밤공기를 가르고 대답한다. 달빛이 텐트 벽에 그림자를 드리우는 사이 두 마리의 수리부엉이가 부엉부엉 주거니 받거니 이야기를 나눈다.

우리가 아빠를 정말로 사랑한다면 우리의 사랑이 아빠를 낫게 만들 거야. 내일은 더 많은 일을 해서 아빠를 도와 드려야겠다고 생각한다.

텐트 밖에서 진저가 불안해서 어쩔 줄을 모른다. 낑낑거리다 땅을 파다가 다시 낑낑거리기를 반복한다.

이렇게 추운데서 태어나면 새끼들이 살 수나 있을까? 아침에 일어나 보니 새끼들이 얼어 죽어 있는 걸 머셔들이 발견했다는 소리를 들은 적이 있다. 낮에 해가 나 있을 때는 따뜻하지만 해가 지고 난 밤에는 다시 겨울이 찾아오는 게 요즘 날씨다.

갑자기 나는 마음을 굳힌다.

"진저가 몸이 안 좋아요"

텐트 안에서 나는 이렇게 입을 뗀다. 아빠는 아무 말도 하지 않는다. 엄마는 깊이 잠들어 있다.

"오늘 너무 심하게 일을 했거든요. 진저를 데리고 들어와 재울래요."

그렇게 말한 뒤 아빠가 안 된다고 할까 봐 침낭에서 얼른 빠져 나와 진저를 데리러 나간다.

진저의 사슬을 풀려니까 진저가 내게 몸을 기대온다. 그리고 조용히 텐트 안으로 따라 들어와 내 옆에 몸을 웅크린다. 진저가 떠나는 걸 보더니 솔트가 낑낑댄다. 아빠는 내 말을 듣기나 했을까. 화덕에서는 장작들이 서서히 불꽃을 잃어가더니 내가 잠들기 전에 완전히 사그라진다.

7

아침에 누구도 일어나기 전에 나는 진저를 텐트 밖으로 데리고 나가 원래 자리에 매놓는다. 내 말은 솔트와 페퍼 말고는 아무도 일어나지 않았다는 뜻이다. 솔트는 진짜로 서서 짖는다. 진저가 다시 돌아온 게 좋은 모양이다. 페퍼는 버들가지 주변을 미친 듯이 돌다가 사슬이 꼬였는데도 눈 속에 코를 묻었다 눈을 후 불었다가 난리를 피운다. 엉킨 사슬을 푸는 데 엄청 시간이 걸린다. 내가 다가갈 때마다 좋아서 내게 달려드는 바람에 사슬을 풀 수가 없다.

아침에 이렇게 혼자 깨 있을 때의 기분, 그리고 내가 피운 불에 커피 주전자를 올려놓고 끓는 걸 보는 기분, 이런 기분이 참 좋다. 또 햇살이 산꼭대기에 가장 먼저 닿았다 산 아래로 서서히 퍼지는 걸 지켜보는 것도 좋다.

아침밥으로 배녁을 먹고 나서 아빠가 텐트를 걷는 사이 레이첼과 엄마는 썰매에 짐을 싣는다. 레이첼도 누구의 도움 없이도 제 할 일을 해내고 있다. 아빠는 두꺼운 장갑을 끼고 장작이 타고 있는 화덕을 옮긴 뒤 장작을 눈 속에다 버린다. 파이프가 식기를 기다렸다 나무박스 안에다 파이프들을 싣는다. 나는 개들에게 마구를 입힌 뒤 짐을 싣고 끈으로 단단히 묶는다.

먼저 개울을 따라 내려가다 강을 만나야 한다. 이제 솔트는 썰매를 앞으로 끌고 있다. 내리막길이기 때문에 썰매가 자기에게 부딪히는 게 무서워서이거나 마침내 끄는 법을 배웠거나 둘 중 하나일 것이다.

"잘했어!"

솔트에게 칭찬을 하면서 아침에 남겨두었던 배녁을 상으로 준다. 나는 30분마다 한 번씩 멈춰서 개들에게 약간씩 먹을 것을 주고 있다.

우리는 개들을 개울에 언 얼음 위로 달리게 한다. 얼음이 한번 녹았다가 다시 얼어붙었기 때문에 새로 언 얼음 위에는 눈이 거의 없다. 개들이 미끄러지지 않을 정도의 눈만 쌓여 있다. 엄마도 눈신발을 신지 않아도 될 정도다. 내가 뒤에서 썰매를 밀어줄 필요도 없다. 개들은 가볍고 신나게 발을 높이 들고 얼음 위를 스치듯 뛴다. 처음엔 나도 같이 뛰었다.

그러다 썰매 속도에 맞추어 뛰는 게 너무 힘들어서 썰매 뒤에 올라탄다. 썰매 백 속에 편안히 앉은 레이첼의 휘파람 소리에 맞추어 노래도 부른다. 내 개들은 한 순간도 속도를 늦추지 않고 잘 달린다.

강에 도착하자마자 텐트를 친다. 여긴 땔감으로 쓸 만한 가문비나무 삭정이들이 많다. 그리고 이곳의 얼음은 순록들이 지나다니는 바람에 강 이 둑에서 저 둑까지 잘 다져져 있다. 그들이 지나간 길 위로는 그 뒤를 바짝 따르는 늑대들의 발자국이 나 있다. 버드나무 가지들이 서로 얽혀 강에 막을 드리우고 있고, 그 주변으로는 눈덧신토끼들이 지나다닌 흔적이 있다. 큰 강 주변에는 늘 다른 곳에 비해 더 많은 생명의 자취들이 있다.

마구의 끈들이 낡아서 헤지기 시작하고 있다. 엄마는 햇빛에 앉아서 바느질을 하고 레이첼은 일기장에 그림을 그리고 있다.

"엄마, 여기로 와서 나랑 같이 그리면 안 돼요?"

레이첼이 엄마에게 묻는다.

"안 돼. 힐 일 먼서 끝내야지."

엄마는 이번 여행에서 그렸던 스케치들을 전부 태워버렸다. 화랑에서 요청한 프로젝트는 엄마에게는 엄청난 기회인데, 엄마는 아직까지 해 보려는 노력조차 하지 않는다. 엄마의 꿈이 날아가고 있다.

진저는 가문비나무 가지 위에서 자고 있고 솔트는 그 곁에 바싹 붙어 있다. 늑대가 올 경우에 대비해서 자기 전에 솔트를 묶어야겠다. 하지만 지금은 진저 곁에 있고 싶어 하는 것 같아 그냥 내버려둔다. 페퍼는 버드나무 가지를 물었다가 패대기를 쳤다가 으르렁거렸다가 한다. 그러다 마침내 이리저리 움직이는 가지들을 홱홱 물어뜯는다.

아빠는 여느 때처럼 고개를 숙인 채 그루터기에 앉아 있다. 나는 썰매 백에서 공처럼 말아놓은 철사를 꺼내서 절단기로 길게 자른다. 덫을 만드는 데 쓰는 철사다.

이번에는 꼭 그렇게 할 것이다. 이번에는 아빠가 꼭 내게 말을 걸게 만들 것이다.

"아빠!"

"왜!"

"토끼 덫을 놓을 건데. 같이 가실래요?"

아빠는 입을 열었다가 닫는다. 그러다 고개를 젓는다.

"제발요!"

아빠가 그 순간 씩 웃는다. 아빠의 웃음이 눈으로 퍼지더니 금세 얼굴 전체가 환해진다.

"그러자!"

이렇게 말하면서 아빠는 담배가 있는지 보려고 주머니를

톡톡 친다. 아프기 전에 아빠가 담배를 끊기로 결심했다는 게 실제로 있었던 일인지 지금은 꿈만 같다.

"나도 따라갈래."

레이첼이 텐트 안에서 이렇게 소리를 지른다. 텐트의 열린 틈으로 레이첼이 물구나무 연습을 하고 있는 것과 그 옆에서 태피가 여차하면 가방 끈을 공격할 생각으로 웅크리고 있는 게 보인다. 화덕의 연통에서 나온 연기가 구불구불 나무 사이로 날아간다.

레이첼이 안에서 뭘 하고 있는지를 알면 엄마가 자지러질 것이다. 화덕에 불을 피워 놓은 상태로 물구나무를 서는 건 정말 위험한 짓이다. 하지만 레이첼의 입장에서 보면 하루 종일 썰매 위에 앉아만 있어야 하니 얼마나 심심하겠는가.

"미안! 대신 갔다 와서 네 일기장에 그린 그림 같이 보자. 그리고 텐트 안에서 물구나무 서는 짓, 좀 그만해!"

아빠랑 나랑 강 얼음 위를 걷는다. 내 개들이 뒤에서 길게 울부짖는 소리가 들린다. 자기들을 놔두고 나만 가버린 게 슬프다는 거다. 해가 산 뒤 서쪽으로 넘어가고 있다. 두 개의 긴 그림자가 눈 위로 비스듬히 드리운다. 우린 몸을 웅크린 채 순록 떼가 지나간 길을 살핀다. 아빠의 총이 한쪽 어깨에 느슨하게 걸쳐져 있다.

이번 여행을 떠나기 전에 아빠는 말 한 마디 없이 대부분의 시간을 소파 위에 누워서 보냈다. 그때와 비교할 때 지금 아빠는 문제가 있다고 할 수도 없을 정도다.

"어제 지나간 것 같구나."

순록들의 발자국을 보면서 아빠가 이렇게 말한다. 순록들은 새끼 낳을 땅을 찾기 위해 우리 오두막이 있는 북쪽으로 향해 간다. 강 상류로 50킬로미터쯤 올라가면 개울 하나가 산 높은 곳에 있는 길로부터 흘러든다. 순록떼들은 새끼를 치기 위해 그곳을 향해 갈 것이다. 오직 황무지에 사는 순록만이 북극까지 먼 거리를 이동한다. 이곳의 순록들은 숲에 살고 가까운 곳에 해마다 이용하는 자기들만의 새끼 치는 장소가 있다.

우리는 순록떼들이 봄밤 이슥한 때 산등성이 꼭대기에서 새끼를 낳고 있는 걸 본 적이 있다. 하늘에선 폭풍 구름이 빙빙 돌고 있었다. 아빠는 순록떼가 높은 곳으로 새끼를 낳으러 오는 이유는 늑대들의 공격을 피하기 위해서라고 하고, 엄마는 늑대보다는 모기를 피하기 위해서일 가능성이 더 많다고 했다.

아빠랑 단둘이 있는 이 시간을 그냥 보내 버리진 않을 생각이다. 나는 아빠가 동물 얘기를 할 때 가장 정상적으로 보인다는 걸 알았다. 그때는 그래도 이야기를 하기는 하니까.

"순록을 만나면 사냥하실 거예요?"

아빠에게 말을 시키고 싶어서 내가 이렇게 묻는다.

아빠가 나를 쳐다본다. 오늘 아빠는 기분이 좋아 보인다. 아빠 팀도 내 팀도 다 순조로웠고, 눈도 얼마간은 녹지 않고 있을 것이다.

"사냥철은 지났다. 너도 알잖아."

아빠가 대답한다.

"그럼 집에 도착하면 혹시 죽어 있는 순록이 있나 같이 보러 가실래요?"

언젠가 얼어붙은 강가에 떨어져 있던 순록을 발견한 적이 있다. 내 짐작으론 늑대가 죽이긴 했는데, 그걸 끌고 갈 방법이 없었던 것 같았다. 순록고기는 정말 신선하고 맛있었다.

야생의 고기와 가게에서 산 고기의 차이를 설명하긴 어렵다. 하지만 야생의 고기가 훨씬 더 맛있다. 그건 밭에서 갓 따온 당근과 남쪽에서 배로 싣고 와서 가게에서 파는 당근을 씹을 때 느끼는 맛의 차이와 비슷하다고 보면 된다.

"도착하면 그때 생각해 보자. 자, 늦겠다. 덫을 놓으려던 거 아니었어?"

바로 지금이다. 아빠 기분이 좋아서 지금 같으면 내 질문에 대답해 줄지도 모른다. 이런 기회가 자주 오는 건 아니다.

우리는 둑으로 올라간 뒤 버드나무 군락지로 들어간다. 곳곳에 눈덧신토끼 발자국이 널려 있다. 눈덧신토끼는 몸이 큰 토끼라 발자국도 커서 눈덧신발이 눈 위에 거대한 발자국을 남기는 것처럼 큰 발자국을 남긴다고 해서 붙은 이름이다.

여기저기 나 있던 발자국이 버드나무 군락지 사이에서 좁혀드는 걸 보고 나는 거기다 철사로 만든 덫을 길가 나뭇가지에 고정시켜 놓는다. 토끼가 오늘밤 길을 따라 깡충깡충 뛰어오다가 그 덫에 머리를 쑥 집어넣기를 바라면서.

첫 번째 덫을 나뭇가지에 고정시키는 일을 끝낸다. 둥근 철사를 눈에서 30센티미터 정도, 즉 토끼가 뛰는 높이 바로 위에 매단다. 토끼가 덫에 걸리면 덫이 토끼의 목을 조여 그 즉시 토끼가 죽게 돼 있다.

마을에 살 때 그 이야기를 듣고 어떻게 그렇게 잔인한 짓을 할 수 있냐고 말한 아이가 있었다. 하지만 숲에서 자란 사람은 그렇게 생각하지 않는다. 아빠가 언젠가 내게 그런 말을 한 적이 있다. 자연은 다른 부분의 자연을 먹고 사느라고 다들 바삐 움직인다고. 아빠는 또 무언가를 죽여야 한다면 가능한 한 고통이 없이 죽여야 하고, 필요한 것 이상을 취해선 안 된다고도 했다.

늑대와 순록을 이웃 삼아 자란 사람이라면 이 말이 무슨 말인지 이해하리라 생각한다. 내가 동물이라면 자유롭게 살다가 단숨에 죽는 게 낫지 박스나 우리에 갇혀 평생을 보내고 싶지는 않을 것 같다.

나는 네 군데쯤 토끼 자취를 찾아 철사를 꼬아 둥글게 말아서 그들을 유인할 막대기에 고정시켜 둔다. 마지막 태양빛이 이곳의 낮은 산길을 통해 내 얼굴에 비친다.

"아빠!"

마음이 변하기 전에 아빠를 부른다. 아빠는 한 쪽에 서서 내가 종종걸음 치며 덫 놓는 일을 끝내기를 기다리고 있다. 아빠는 도울 생각조차 않고, 얼어붙은 크렌베리를 따서 먹고 있다.

아빠가 나를 쳐다보면서 입속의 베리를 탁 깨문다.

"무슨 말 하려고 했던 거 아니냐?"

아빠가 묻는다.

"아빠한테 무슨 일이 일어나고 있는지 잘 모르겠어요."

마침내 말을 하고야 만다.

"무슨 말이냐?"

"엄마가 아빠 머리에 병이 났다고 했어요. 그게 무슨 말인지 이해가 안 가요."

아빠의 얼굴이 굳어진다. 그리고 크렌베리 나무에서 뒤로 물러서다.

"요즘 아빠는 며칠 동안 아무 말도 안 하셨잖아요. 아빠가 어디론가 멀리 가 버린 것처럼 느껴져요. 그러다가 또 아무렇지도 않을 때도 있고요. 지금처럼."

이런 얘기를 어떻게 해야 하는 건지, 지금 내가 뭘 묻고 있는 건지 나는 잘 모른다. 하지만 그 점에 대해 아빠의 입으로 설명을 듣고 싶은 것만은 분명하다.

"뭘 이해하지 못하겠다는 거냐?"

내 얼굴이 벌겋게 달아오른다. 화가 치밀어 오른다. 아빠를 기쁘게 하기 위해 그렇게 애를 썼는데 그런 게 아무런 소용이 없었다니 이제 정말 지친다.

"아빠한테 뭐가 잘못된 거냐고요? 아빠의 머리에 병이 났다면 뭐가 잘못된 거잖아요. 왜 고칠 수 없는지 알고 싶단 말이에요."

잠깐 동안 아빠는 아무 말도 하지 않는다. 그 순간 나는 아빠가 어디로 가 버렸다고 확신한다. 하지만 설령 그런다 해도 아빠가 어디로 가든 따라가서 계속 그 질문을 하겠다고 마음먹는다.

아빠가 통나무 하나로 걸어가서 눈을 털더니 그 위에 앉는다. 담배를 꺼내고 종이를 꺼낸 뒤에 담배를 종이에 말아서 끝을 돌려서 막는다. 다른 쪽 주머니에서 라이터를 꺼내 담배에 불을 붙인다. 나는 아빠가 담배 피우는 게 정말 싫다. 아빠는 진즉에 담배를 끊었어야 했다.

"엄마가 설명해 준 줄 알았다."

"그래서요? 나는 아빠가 이야기해 줬으면 좋겠어요. 왜 아빠가 이렇게 달라진 건지 말해 주세요. 나한테 화난 거예요? 난 아무 짓도 하지 않았어요."

아빠가 다시 얼마간 기다린다. 내 몸에서 찬 기운이 새나온다.

"네 잘못이 아니야. 난 누구한테 화가 난 게 아니다."

"거의 온종일 아빠가 우리 모두를 무시하시잖아요. 난 그게 싫단 말이에요."

"우울해진다는 게 어떤 건지 알고 있냐?"

"예, 엄마가 말해 줬어요. 슬픈 거래요. 잠도 잘 못 자고 먹고 싶지도 않고……."

나는 엄마가 말해 준 다른 사실들도 기억해 내려고 애쓴다.

"안개 속에 있는 것 같은 기분을 느껴 본 적이 있니? 어쩌면 독감에 걸렸을 때와 비슷할 거야. 열이 났을 때와 같은……."

"그런 것 같아요."

하지만 아팠을 때도 난 아빠처럼 다른 사람에게 그렇게 못되게 군 적은 없다.

"이 병도 그런 거란다. 때로 나는 아주 짙은 안개 속에 있어서 아무것도 느낄 수가 없어. 생각도 제대로 할 수 없고, 심지어는 뭘 기억하지도 못해."

아빠는 담배를 땅에 던진 다음 발로 문지른다.

"아마 내가 거기 없는 것 같다고 느끼는 때가 바로 그런 때일 거야."

"그걸 멈출 순 없어요?"

이 질문을 한다는 게 두렵다.

"때때로 오늘처럼 안개가 날아가 버리면, 나는 너도, 나를 둘러싼 세상도 아주 정상적인 것처럼 볼 수 있는 때가 있어."

얼어붙은 강 너머에서 도끼 찍는 소리가 들린다. 엄마가 장작을 좀 더 패고 있는가 보다.

"나도 어쩔 수가 없구나."

아빠 소리가 하도 조용해서 무슨 말인지 거의 알아들을 수가 없다.

"안개를 걷어버릴 수가 없어."

"하지만 난 아빠가 늘 나한테 했으면 하고 바랐던 일들을 지금 다 하고 있어요. 그런데도 아빠는 알아채지도 못하시잖아요. 나는 내 썰매 팀을 혼자서 훈련시키기까지 하고 있잖아요."

"어쩌면 나중에라도 그 얘기를 들려줬으면 좋겠구나."

아빠가 나지막이 말한다.

"그렇지 않으면 글로 써 줘도 좋고."

아빠가 그 이야기를 지금은 나누고 싶어 하지 않는다는 걸 안다. 아빠에게 아무 말도 묻지 않고 한참 동안 기다리다가 느닷없이 내 입에서 이런 말이 흘러나왔다.

"저한테 관심은 있는 거예요?"

"관심이 있었으면 한다, 베키."

도대체 어떤 아빠가 이렇게 말할까? 딸한테 관심을 갖게 되기를 바란다고? 참으려고 했는데 눈물이 흐르는 걸 막을 수가 없다.

"나아지려고 노력하실 거죠?"

내가 가장 알고 싶은 건 바로 그거다.

"약을 먹고 있어. 약이 도움이 되겠지."

"정말이에요?"

"지금 내가 너한테 말을 하고 있는 걸 보면 알 수 있잖아, 그렇지? 안개가 아직도 두껍게 덮여 있는 건 사실이다. 하지만 때때로 지금처럼 걷힐 때가 있어. 그리고 점점 더 자주 그럴 거야. 하지만 안개가 짙게 끼어 있을 때는 그 상태가 영원히 계속될 것 같은 생각이 드는구나."

내가 듣고 싶은 말은 그게 아니다. 점점 괜찮아질 거라고, 자신을 통제할 수 있다고, 아빠가 그러는 게 얼마나 나를 괴롭히는지 알고 있다는 그 말이 나는 듣고 싶다. 언젠가는 전처럼 밤에 텐트 안의 화덕 주위에 빙 둘러앉아 옛 화물기차

111

노래를 다시 부를 수 있을 것인지가 알고 싶다. 아빠가 내 썰매 팀에 관심을 갖고, 내 개들이 이제 썰매를 끌기 시작했다는 사실을 알아줄 것인지도 알고 싶다.

아빠의 기분이 어떤지 보려고 아빠 얼굴을 쳐다보는 일 따위는 하고 싶지 않다. 아빠는 어른이다. 그러니 아빠가 내 기분을 살펴야 맞는 것 아닌가?

하지만 지금 말한 그 무엇보다 나는 아빠가 다시 옛날의 우리 아빠가 되었으면 좋겠다. 지금처럼 낯선 사람이 아닌 옛날의 우리 아빠가.

해가 지금은 산 너머에 있다. 눈 위엔 더 이상 아무 그림자도 비치지 않고, 기온이 빠르게 떨어지고 있다.

"너한테 아무것도 약속할 수가 없어 미안하구나. 하지만 좋아지게 만들 수 있다면 그렇게 할 테니, 날 믿어라, 베키."

그 말을 듣고 나는 아빠한테로 가서 아빠의 파카를 잡는다. 잠깐 동안 추운 숲속에서 나는 아빠를 붙잡고 서 있다. 그리고 아빠를 잡은 손을 놓고 싶지 않다.

"그런데, 베키, 네 개들이 아주 잘 달리더라."

그 말에 웃음이 나왔다. 그리고 너무 놀랐다.

"그럼 내가 개들을 한 번도 때리지 않고 훈련시켰다는 것도 아시겠네요?"

"네가 때려서 훈련시킬 거라는 생각은 해 보지도 않았

다.”

이건 불공평하다. 아빠한테서는 옛날 아빠의 냄새가 난다. 나무 담배와 개 냄새. 나는 아빠의 손을 잡고 강의 얼음을 지나 늘 거기 그렇게 있었던 것처럼 둑에서 둑까지 난 순록의 발자국을 따라 그리고 험하지만 아름답게 서 있는 산 사이로 걸어서 집으로 돌아온다.

텐트에 가까워졌을 때 엄마가 촛불을 들고 바깥에 서 있는 게 보인다. 엄마는 가문비나무 침대에 누워 있는 진저를 보고 있다. 멀리서도 엄마의 기분이 좋지 않다는 건 한눈에 알 수 있었다.

"베키!"

엄마가 날 부른다.

나는 아빠와 나란히 둑을 걸어 올라간다. 텐트 안으로 들어간 아빠가 화덕에서 커피 주전자를 들어서 차를 따르는 소리가 들린다. 그때 텐트가 흔들리면서 쿵 하고 넘어지는 소리가 들린다. 레이첼이 침낭 위에서 재주넘기를 하다 넘어지는 소리다.

"그만 해라. 전에도 말했지?"

아빠가 혼을 낸다.

"베키!"

안경 너머로 엄마가 다시 날 부른다.

"왜요?"

"이리 좀 와 봐라."

나는 천천히 흰 둔덕 모양으로 웅크리고 있는 진저 쪽으로 걸어간다. 진저가 끙 하고 일어서더니 내 손안에다 코를 비빈다. 이젠 이름을 부르지 않아도 내게로 온다.

"이 개가 새끼를 뱄구나. 마을을 떠나기 전부터 넌 알고 있었을 테고."

"진저를 놔두고 올 수가 없었어요, 엄마. 이제 막 날 믿고 따르기 시작했는데 두고 올 수는 없잖아요."

"새끼를 낳을 줄 뻔히 알면서 어떻게 이런 힘든 여행에 데려올 생각을 했어? 썰매를 끌면 안 되잖아!"

"알아요, 그래서 힘든 길을 갈 때 내가 그렇게 힘껏 뒤에서 밀었던 거예요."

"이 새끼 아버지는 누군데?"

"나도 몰라요. 데려오고 나서 바로 새끼를 밴 것 같아요."

둘 사이에 오랜 침묵이 흐른다. 마침내 엄마가 손을 내밀어서 진저의 귀 뒤를 긁어준다.

"그런 생각을 안 했다니. 난 네가 개 팀을 이끌 만큼 책임감이 강하다고 믿었는데."

"책임지고 있어요. 그동안 내 개들을 잘 돌봐왔던 거 잘 아시잖아요!"

토할 것 같다. 엄마가 새끼들을 데리고 가지 못하게 하면 어떡하지? 그리고 엄마가 어떻게 나한테 신뢰에 관해 이야기할 수 있어? 아빠가 아프다는 이유만으로 혼자 살아야 한다고 말한 게 누군데? 나는 엄마가 우리 가족이 계속해서 가족으로 살 수 있도록 해 줄 거라고 믿었는데. 나는 엄마도 아빠도 다 믿었는데.

"나한테는 말했어야지."

엄마가 더는 화가 나 있는 것 같아 보이지 않는다. 그냥 피곤해 보인다.

"마을로 돌아갈 때 무슨 일이 일어날 것 같니? 우리 가족과 썰매를 끄는 개들을 위한 짐 외에는 태울 수 없다는 걸 잘 알잖아."

"몇 주만 지나면 강아지들은 걸을 수 있잖아요."

"강아지들이 우리 뒤를 따라오려면 몇 주는 있어야 해."

"그럼 내가 안고 가면 돼요."

"너한테는 팔이 두 개뿐이잖아. 마을을 떠나기 전에 나한테 말을 하지 그랬어!"

엄마한테 뭐라고 설명을 해야 할까? 난 내 경주 팀을 이끌 개들을 길러야 한다. 그러려면 몇 대를 거쳐 새끼를 계속 낳아야 한다. 그리고 진저의 새끼들이 그 첫 세대가 될 것이다.

이 모든 생각들이 순식간에 내 마음을 휩쓸고 지나간다. 그러나 한 마디도 밖으로 내뱉지 않는다. 그냥 거기 서 있을

뿐이다. 솔직히 말해서 새끼들을 낳으면 어떻게 해야겠다는 생각까지는 하지 못했다. 그냥 새끼들이 나와 함께 있었으면 했고, 그 얘기를 엄마한테 하고 싶지 않았을 뿐이다.

물론 그런 생각들을 했다는 얘기도 엄마한테 하지 않을 것이다. 그러면 엄마가 자기한테 얘기하기 싫은 이유가 뭐냐고 꼬치꼬치 물을 테니까. 엄마는 가까운 사람과 문제를 터놓고 이야기해서 해결해야 한다는 신념을 가진 사람이다. 문제는 지금은 내가 엄마를 더 이상 가까운 사람으로 여기지 않는다는 데 있다. 지금 나는 내 개들 말고 가까이 느끼는 사람이 없다.

"아빠한테 얘기할 거예요?"

"그건 네가 할 일이지."

이렇게 말한 뒤에 엄마는 텐트 속으로 들어가 버린다.

오랫동안 나는 바깥에서 눈 속을 파헤쳐서 이끼와 흙을 벗겨내고 겨울에도 신선하게 남아 있는 크랜베리를 찾는다.

하지만 크랜베리는 없다.

그날 밤 아빠는 평소와 다름없어 보인다. 묻지도 않았는데 먼저 몇 마디 말을 걸기도 한다. 레이첼이 뒤로 넘다가 아빠의 커피를 엎질렀을 때도 아빠는 그냥 밖에 나가서 하라고만 할 뿐 혼을 내지도 않는다.

"눈 속에서요?"

레이첼이 놀라서 묻는다.

"그래, 눈 속에서."

이렇게 말할 때 아빠의 목소리에 웃음이 배어 있는 것도 같았다.

"같이 가자, 언니."

엄마랑 텐트 안에 함께 있는 것보다는 그 편이 훨씬 나을 것 같아 레이첼을 따라 밖으로 나온다.

텐트 바깥에 앉아서 레이첼이 날마다 연습하는 동작을 지켜본다. 태피는 텐트 문가에 앉아 자기 발톱을 핥고 있다. 페퍼는 쇠사슬에서 빠져나오려고 난리를 친다. 사슬에서 빠져나가 태피를 잡아먹고 싶어 하는 것 같다.

레이첼이 물구나무를 설 때마다 나도 모르게 웃음이 나온다. 레이첼이 너무 행복해 보여서다.

"나도 해 볼게."

이렇게 말하고 시도해 보지만, 나는 섰다 하는 순간 어느 시점에선가 늘 균형을 잃고 만다. 예상했던 대로 나는 물구나무를 서다 눈 속에다 얼굴을 박고 큰 대자로 뻗어버린다.

엄마는 바깥에 있는 삼각대에 걸린 냄비에다 죽과 고기 조각을 넣고 마른 개 사료와 기름을 넣어 끓인 뒤 개들을 먹인다. 진저를 잘 먹이려고 그러는 것 같다.

나서서 엄마를 돕겠다는 소리도 못 한다. 지금 당장은 엄마 곁에 가고 싶지 않기 때문이다. 나는 계속해서 새끼들을 어떻게 마을로 데려갈 수 있을까 하는 생각에만 골몰해 있다. 아빠는 새끼들을 데려가는 걸 허락해 줄까? 언젠가 아빠가 누구도 원치 않는 새끼는 태어날 때 죽이는 게 자비를 베푸는 거라는 말을 한 적이 있다. 아빠는 그렇게 사랑했던 베어마저도 쏘아죽이지 않았던가. 갓 태어난 새끼 죽이는 것쯤이야 아빠한테는 그리 대수롭지 않은 일일 것이다.

. . .

마침내 엄마가 안으로 들어간다. 레이첼도 추운지 들어가 자겠다고 한다. 엄마는 아빠에게 아무 말도 하지 않는다. 엄마가 아빠에게 말을 해서 빨리 결론이 났으면 좋겠다. 기분이 점점 더 나빠진다. 진저를 안으로 데리고 들어가야 하는데 아빠한테 말을 하지 않은 상황에서는 데리고 들어갈 수가 없다.

다들 침낭 속으로 들어갈 때쯤 엄마가 안으로 날 불러들인다.

"아빠."

촛불이 꺼지고 아무도 말을 하지 않는 틈에 나는 아빠를 부른다. 다른 사람은 다 잠들었기를 바라면서.

"왜?"

아빠 목소리로 보아 토끼 덫을 놓으러 갔을 때 내가 했던 질문들을 기억하고 있는 것 같다. 내가 그 질문을 더 할까 봐 두려워하고 있다는 느낌도 든다.

"아빠, 할 말이 있어요."

"뭔데?"

레이첼이 묻는다.

나는 레이첼의 말을 무시하고 아빠에게 말을 건다.

"아빠, 진저가 곧 새끼를 낳을 거예요."

"만세!"

자기 침낭에 앉은 채로 레이첼이 환호성을 지른다.

아빠는 아무 말도 하지 않는다.

"아빠 내 말 들었어요?"

내가 묻는다.

"들었다."

"그럼 아빠 괜찮은 거예요?"

"물론, 난 괜찮다. 그런데 어떻게 마을로 데려갈 생각이냐?"

"내가 데리고 갈 거예요."

"어떻게?"

대답을 할 수가 없다. 레이첼은 눈치는 있는지 가만히 앉아 입을 다물고 있다.

"새끼들이 언제 태어나는데?"

아빠가 마침내 이렇게 묻는다.

"곧이요."

다시 긴 침묵이 이어진다. 태피가 계속해어 가르랑거리자 레이첼이 달래는 소리가 들린다.

"새끼들을 데리고 갈 순 없다."

아빠가 말한다.

"그건 너도 알지, 그렇지?"

"데리고 갈 거예요."

"그 점에 대해선 더 이상 얘기하지 말자."

나도 그 말을 듣고 싶지 않다.

"진저를 안으로 데리고 들어오면 안 돼요?"

내가 묻는다.

"눈 속에서 자면 편치 않을 거예요."

"그 점에 있어선 내 생각도 같다."

마침내 아빠가 이렇게 대답한다.

나는 얼른 부츠를 신고 진저에게로 간나. 달이 떠 있고 북극의 빛들은 별이 가득한 하늘에 쳐진 커튼처럼 열렸다 닫혔다 한다.

드디어 해치웠다. 어쨌든 이젠 엄마 아빠에게 진저 일을 말했으니까. 하지만 엄마나 아빠 둘 다 내 새끼들이 눈을 뜰 수 있을 때까지도 살아 있지 않기를 바라는 투로 이야기하는 게 마음에 걸린다.

강한 바람 한 줄기가 집을 둘러싼 가문비나무 사이로 불어온다. 얼음 깨지는 소리가 총 쏘는 소리처럼 들린다. 나는 눈을 감고 베어 생각을 한다.

한 가지는 확실하다. 이 새끼들은 내 것이다. 이 새끼들은 자라서 경주에 나갈 것이고, 멋진 삶을 살 것이다. 그리고 이 새끼들이 내 경주 팀의 시작이 될 것이다.

"가자, 진저."

나는 진저를 풀어 준다. 진저가 내 손을 핥는다. 진저의 입술이 웃고 있는 것처럼 말려 있다.

그러더니 나를 따라 텐트 안으로 들어온다.

9

밤새 침낭 속에서 진저의 새끼들에게 무슨 일이 일어날지를 생각하지 않으려고 애쓰다 한숨도 못 잤다. 잠을 이루지 못하던 아빠도 어느 한 순간 잠이 든 것 같았다. 코 고는 소리가 들렸으니까. 아빠 코 고는 소리를 들은 게 얼마만인지 모르겠다.

밤사이에 계속해서 세찬 바람이 남쪽에서부터 비명소리를 내며 분다. 바람이 불 때마다 텐트 벽이 이쪽으로 갔다 저쪽으로 갔다 심하게 움직인다. 개들이 낑낑거리면서 눈을 파는 소리가 들린다. 진저기 한번은 고개를 들더니 내 팔에다 코를 댄다. 진저의 눈이 달빛 속에서 반짝거린다. 몇 분 동안 진저를 토닥거리고 났더니 기분이 많이 좋아졌다.

첫 새벽 빛이 스며들 때 나는 불을 붙이고 텐트 자락을 걷는다. 흰 새떼가 하늘에서 쏜살같이 내려오더니 가까운 버드 나무 위에 앉는다. 흰멧새들이다. 올 봄에 내가 처음으로 만난 철새떼다. 해가 산 위에 벌겋게 타오르고 있다. 해의 열기가 금방 느껴진다. 흰멧새들이 지저귄다. 멧새들의 노래 소리가 마치 물이끼로 뒤덮인 소택지와 이끼 사이에서 똑똑 떨어지는 물소리처럼 들린다.

"자, 가자, 진저!"

이렇게 속삭이자 진저는 천천히 텐트 밖으로 나와 강 건너 토끼 덫을 살피러 가는 나를 따라온다. 진저의 새끼들을 어떻게 키워야 할지 방법은 잘 모른다. 하지만 진저를 위해서 꼭 그렇게 할 것이다. 나는 진저가 썰매 *끄*는 개뿐 아니라 내 친구가 되었으면 한다. 자기 개를 사랑하지도 않으면서 썰매 개 팀을 갖는다는 게 무슨 의미가 있겠는가?

진저는 내 발 뒤꿈치에 바짝 붙어 어제 아빠랑 갔던 그 길로 나를 따라온다. 진저의 털이 햇빛 속에서 하얗게 빛난다.

마지막 두 개의 덫에 토끼가 잡혀 있다.

"걱정 마, 진저."

이렇게 말하자 진저가 토끼의 냄새를 맡고 킁킁거린다.

"나중에 끓여서 좀 줄게. 고기가 네 새끼들한테 좋을 거야."

진저는 알아듣기라도 했다는 듯이 낑낑거린다.

텐트로 돌아온 뒤에 진저를 매놓고 엄마에게 토끼를 들고 간다.

"잘했다. 저녁때는 신선한 고기를 먹을 수 있게 됐어."

엄마와 아빠는 배넉이 튀겨지는 동안 커피를 마시고 있다. 레이첼은 침낭 위에서 스트레칭을 하고 있다. 나는 화덕 위에 올려놓은 냄비에서 따라낸 뜨거운 물로 레이첼과 나를 위해 코코아를 탄다. 바람이 점점 더 거세게 분다.

"치누크가 불고 있나 봐요."

텐트 자락을 젖혀 들어올리며 엄마가 이렇게 말한다.

"바람에서 따뜻한 기운이 느껴져요."

텐트 지붕에서 눈이 미끄러져 내려온다.

"오늘 같은 날씨에는 썰매를 움직일 수 없어요. 눈이 녹고 있잖아요."

"미리 강 쪽을 좀 둘러보고 오겠소."

아빠가 대답한다.

"개들은 너무 더워서 움직일 수 없지만 나는 어느 정도 길을 낼 수 있으니 갔다 오리다. 밤에나 돌아올 것 같소."

"나도 가도 돼요?"

내가 묻는다. 엄마랑 같이 있는 게 싫어서다. 아무데도 가지 않고 엄마랑 둘이 있다면 하루가 얼마가 길게 느껴지겠는가.

"안 된다."

아빠가 딱 잘라 거절한다.

"아빠가 머리가 아파서 그래, 이해하지?"

나는 고개를 끄덕인다. 엄마는 나와 진저 얘기를 더 하려고 할 것이다. 난 하고 싶지 않은데. 아빠가 나를 똑바로 쳐다본다.

"정신없이 바쁜 게 나한테는 더 낫더라만."

마치 내가 어른이라도 되는 것처럼 아빠가 내게 이렇게 이야기한다. 그럼 나한테는? 나도 아빠처럼 바쁠 때 더 기분이 좋아지는 것 같긴 하다.

"좋아요, 아빠."

나는 이렇게 대답한다.

"문제없어요."

아침을 먹고 나서 아빠는 눈신발을 꺼내 신고 강 아래로 향한다. 엄마는 스케치북을 꺼내서 그림을 그린다. 나는 도끼를 들고 가문비나무 가지를 자르기 시작하는데 아빠의 담배 깡통이 나무 아래 놓여 있는 게 보인다. 아빠가 여기 두고 깜빡 잊고 간 게 틀림없다.

나는 진저를 위해 나무 한 단을 해 놓고 또 한 단을 잘라 텐트 앞에 펼쳐놓는다. 텐트 앞에서 한 손으로 짚고 물구나무를 서 보려는데 기우뚱해서 이번에는 등으로 넘어진다. 얼굴을 박은 건 아니니까 조금 더 나아진 거라고 볼 수 있다.

"너한테 보여줄 게 있어. 이리 와 봐."

레이첼을 부른다.

"뭔데?"

레이첼이 나오면서 묻는다.

"어때? 연습할 수 있는 연습 매트!"

"우와!"

레이첼이 이렇게 소리치면서 그 위로 뛰어올라간다. 부츠를 잡아서 벗더니 그 위에서 구르다 뒤로 한 바퀴 돈다.

"고마워!"

돌면서 레이첼이 큰 소리로 외친다.

"정말 잘했다!"

엄마가 텐트 속에서 말한다. 엄마의 목소리는 그냥 평소와 같아서 그렇게 속상한 것 같지 않다. 이젠 엄마도 늙고 지쳤나?

난 텐트 안으로 들어가서 엄마 옆에 앉는다. 침낭 끝에 앉아 있던 엄마 주변에 뭉개진 종이 뭉치가 엄청 쌓여 있다.

"요즘은 제대로 그려지는 게 없구나."

레이첼처럼 옆머리를 귀 뒤로 넘긴 채 엄마가 말한다. 엄마는 연필로 얼음 위에 물이 흥건한 강과 강둑을 스케치하고 있다.

"나한테 화났지?"

강한 바람이 텐트 벽을 흔든다. 엄마의 연필이 흔들린다. 엄마가 다시 종이를 뭉개서 화덕 속에다 집어 던지고 다시 그리기 시작한다.

갑자기 너무 화가 치밀어서 말이 나오지 않는다. 깊은 심호흡을 몇 번 하면서 화를 가라앉히려고 해 본다. 그러다가 나도 모르겠다는 심정으로 소리를 버럭 지른다.

"다 엄마 때문이에요!"

엄마는 안경을 벗어 밀어놓고 그림을 보던 눈을 내게 돌린다.

"나 때문이라고?"

"그래요! 다 들었어요! 마을을 떠나기 전에 엄마가 전화하는 소리요! 누군지 모르지만 그 사람한테 아빠가 혼자 사는 게 더 나을 거라고 했잖아요!"

"그걸 들었어! 그럼 진즉 얘기하지 그랬어."

"왜 해야 되는데요? 나한테 얘기한 게 아니었잖아요. 엄마가 그랬잖아요. 나랑 레이첼한테는 아빠가 없는 편이 더 낫다고!"

"그럼 넌 왜 화를 내는데? 내가 그 말을 했기 때문이야, 아니면 그게 사실이 될까 봐 두려운 거야?"

목 저 아래서부터 뭐가 자라나고 있는 것 같다. 뭔가가 속에서부터 자라 점점 커지더니 내 목을 꽉 틀어막는다. 말을 할 수가 없다. 바람은 내내 텐트 주변에 무섭게 불고, 레이첼은 가문비나무 가지로 만들어 준 연습 매트 위에서 뭐가 좋은지 깔깔거리고 있다.

"나는 절대로 포기하지 않아요."

나는 소리를 지른다.

"누군가가 날 믿어 주면 난 절대로 그들을 저버리지 않을 거예요! 그런데 엄마는 그러잖아요! 이제 와서 내가 진저를 버리길 바라잖아요!"

엄마가 손을 내밀어 내 팔 위에 대려고 하는데 나는 엄마의 손을 세차게 뿌리친다. 엄마의 눈에 눈물이 고여 있다. 하지만 무슨 상관이람.

"미안하다, 베키야. 엄마도 최선을 다하고 있어."

나는 텐트 밖으로 뛰쳐나간다. 최선을 다하고 있다고? 엄마는 어른이잖아. 엄마라면 상황을 바꿀 수 있는 거 아니야? 그렇게 하고 싶지 않을 뿐인 거지!

나는 진저에게로 걸어가 눈이 녹아 질척한 곳에 무릎을 꿇고 진저의 목을 안는다. 진저는 컹컹거리며 코를 내게 비벼 댄다. 적어도 내 개들은 이제 날 좋아하기 시작했다. 이제 아빠가 내 강아지 훈련시키는 것만 도와준다면 상황은 훨씬 더 좋아질 것이다.

얼마쯤 뒤에 고개를 들었더니 강 저 아래쪽에 보이는 한 점이 점점 더 커지는 게 보인다.

"레이첼! 아빠가 돌아오고 있어, 아빠 마중갈래?"

"좋아!"

레이첼이 신이 나서 얼른 부츠를 끌어다 신는다.

"엄마! 언니랑 아빠 마중 갔다 올게요! 저쪽에서 아빠가 오고 있어요!"

엄마가 뭐라고 하는데 들리지 않는다. 레이첼은 내게로 뛰어와 손을 잡는다. 나는 잊지 않고 아빠의 담배통을 챙겨든다. 뭉쳐서 눈싸움을 할 수도 있을 정도로 눈이 부드러워졌다. 원래 북극 지방의 눈은 뭉칠 수가 없다. 습기가 충분하지 않기 때문이다.

"안녕, 꼬맹이들!"

아빠에게로 뛰어가자 아빠가 이렇게 맞아준다.

레이첼이 눈덩어리를 뭉치더니 아빠의 배를 향해 던진다. 아빠가 웃는다. 하지만 아빠의 웃음이 눈까지 미치진 않는다. 옛날 같으면 바로 눈을 뭉쳐 던졌을 텐데 그것도 하지 않는다.

해가 너무 뜨거워서 코트를 입지 않았는데도 땀이 난다. 눈 때문에 너무 눈이 부시다. 그리고 눈이 둑의 절단면이나 나무에서 툭툭 떨어져 내린다. 모기 한 마리가 내 코 옆으로 날아간다.

"눈이 녹고 있구나."

아빠가 말한다.

"머지않아 눈이 다 녹아버리게 생겼어. 개가 썰매를 끌 수 없게 될 텐데 어떻게 해야 할지 모르겠구나."

"아빠, 담배를 찾아왔어요. 놓고 가셨던데요."

아빠가 모자를 쓰고 있다. 눈부신 햇빛에 비친 아빠의 얼굴이 늙어 보인다.

"고맙다."

아빠는 이렇게 말하고 걸어간다.

텐트에서 엄마는 한 무더기의 종이 가운데 포위되어 있다.

"안녕, 베키!"

엄마가 나를 똑바로 쳐다보고 이렇게 인사한다. 엄마의 미소가 눈으로 번진다. 더 이상 화를 낼 수가 없다. 하지만 상황이 나아진 건 아무것도 없다.

"빨리 돌아왔네요."

엄마가 아빠한테 말을 건다.

아빠는 앉더니 스스로 커피를 부어 마신다. 엄마도 마실 건지는 묻지 않는다.

"강이 녹고 있소. 1.6킬로미터쯤 올라가면 얼음이 녹아 물이 터져 나온 곳이 있습디다. 얼음이 다 녹은 건 아니어서 물이 터져 나와 흐르는 곳 사이로 다리 모양의 얼음이 아직 남아 있긴 한데 이런 더위에 그것도 얼마나 버틸지는 잘 모르겠소."

"돌아갈 수는 없어요? 숲을 통과해서 가는 길은 없어요?"

이번에는 내가 묻는다.

"그쪽으론 못 간다."

아빠가 대답한다.

"양쪽으로 절벽이 솟구쳐 있어. 더군다나 이렇게 녹은 눈에 개들을 절벽 주변으로 몰고 갈 순 없어. 그쪽으로 가려면 우리가 썰매를 매고 절벽을 올라가야 할 거다."

"그럼, 오늘밤에 출발하는 건 어떨까요?"

엄마가 이렇게 묻는다.

"해가 질 때까지 기다렸다가 강이 얼어붙은 뒤에 건너가면 되잖아요."

해가 비치고 있는 동안은 텐트 속이 화덕 같다. 바람까지 죽어 더워 죽을 지경이다.

"오늘밤 떠난다면 준비는 할 수 있겠소?"

아빠가 묻는다.

"물론이죠."

엄마가 대답한다. 엄마는 빈 스케치 종이를 조심스럽게 상자 속에 넣는다.

．．．

　나는 아빠가 텐트를 무너뜨려 접는 걸 도운 뒤에 내 썰매
에다 짐을 옮겨 싣는다. 레이첼은 침낭을 옮긴다. 아직도 잠
에서 덜 깼는지 발걸음이 느리다.

　"썰매에 가 누워!"

　"알았어."

　레이첼은 태피를 안고 썰매로 오른다.

　어렴풋한 빛마저 완전히 사라졌다. 봄에는 이 시간이 돼도
완전히 어두워지기까지 몇 시간이고 어스름이 지속된다.

　엄마는 레이첼을 침낭 속에 잘 넣어 준다. 레이첼은 입에
다 엄지손가락을 넣은 채 벌써 잠들어 있다. 구불거리는 머
리가 뺨 위로 흘러내려와 있다. 요즘 레이첼은 지나칠 정
도로 앞구르기, 뒤구르기, 앞으로 넘기, 뒤로 넘기를 연습하
고 있다.

　"개들 준비시키는 거 도와줄까?"

　엄마가 묻는다.

　"진저한테 마구를 씌워도 될까요?"

　"내가 한 번 보마."

　엄마가 이렇게 말하고 나서 진저 옆에 무릎을 꿇고 새끼들

이 있는 곳을 부드럽게 손으로 쓸어 본다. 갑자기 엄마가 씨익 웃는다. 엄마가 내 손을 끌어다 진저의 배에다 댄다.

내 손가락 아래서 뭔가가 움직이는 게 느껴진다. 새끼다! 움직임이 사라질 때까지 나는 진저의 배에다 손을 계속 대고 있다. 그러다 다른 곳을 눌러 봤더니 이번에는 뭔가가 툭 찬다.

살아 있구나! 얘가 날 찼어!

진저가 고개를 돌리더니 내 코를 핥는다.

"아이, 착하지!"

"진저의 새끼들이 너한테 아주 중요하다는 거지, 그렇지?"
엄마가 묻는다.

울음이 나올 것 같아 대답하지 않는다.

"네 마음이 준비가 되면, 엄마가 전화할 때 들었다는 얘기에 대해 내가 너한테 설명할 기회를 줄 거지? 네가 그렇게 할 준비가 되면 됐다고 나한테 알려 줄 거지?"

나는 고개를 끄덕인다. 새끼 한 마리가 손가락 아래서 다시 꿈틀거린다. 갑자기 웃음이 나온다. 뭔가가 꿈틀거리는 느낌이 내 온몸을 떨게 만든다.

"지금 너한테 필요한 건 강아지로구나."

일어서서 눈신발을 신으면서 엄마가 이렇게 말한다.

"네가 새끼 한 마리라도 지킬 수 있으려면 어떻게 해야 할지 나라도 방법을 찾았으면 좋겠다."

아빠는 가까이 서서 이집트에게 마구를 씌우고 있다. 아빠가 가까이 있다는 건 전혀 몰랐다.

"왜 베키에게 쓸데없는 희망을 품게 하는지 모르겠소. 우리가 어떻게 해야 할지 다 알면서."

아빠가 엄마에게 묻는다.

"당신이 진저에게 마구를 씌워야 할 것 같아요."

아빠의 말을 무시하면서 엄마가 딴 말을 한다.

"썰매를 너무 많이 끌지 않게 배려해 줘야 할 거예요. 그렇지만 또 너무 느슨하게 해 두면 얇은 얼음이 있는 데로 가 버릴지도 모르니까 그것도 고려하셔야 하고요."

"진저 옆에서 따라 걸을 거예요. 너무 힘들게 썰매를 끌지 않도록 해 주려고요."

"서두르자. 너무 늦었다."

아빠가 재촉한다.

"눈이 벌써 얼어붙었어. 개들이 썰매를 끌기엔 이 정도면 충분해. 피곤한 밤이 될 것 같구나. 자, 가자!"

· · ·

"자, 가자!"

나도 이렇게 외친다.

개들이 강둑을 쏜살같이 뛰어 내려간다. 달리는 것만으로도 좋은지 컹컹 짖어대면서. 나는 강의 얼음 위로 내려갈 때까지 썰매가 쏠리지 않게 하려고 핸들바를 잡고 이쪽으로 기댔다 저쪽으로 기댔다 한다.

아빠는 자기 팀을 몰고 앞서 가고 있다. 이집트가 이제는 별 문제 없이 엄마의 눈신발 자취를 따라가고 있기 때문이다. 아빠는 내 안전을 위해 나보다 앞서 가고 있다. 혹시 깨질 것 같은 얼음이 있으면 돌아가야 하니까.

얼음에 내려서자 나는 진저의 목줄에 줄을 매달고 그걸 붙잡고 진저 곁에서 달린다. 마라톤을 하는 속도로 달린다. 그렇게 빨리 가야 진저가 나를 끌지 않아도 되기 때문이다.

다른 개들을 돌아본다. 진저와 뱃속에 든 새끼들 때문에 마음이 편치 않은 가운데서도 다른 개들에 대한 자부심이 솟아나는 건 어쩔 수 없다. 페퍼는 등을 잔뜩 올린 채로 화물 기차처럼 썰매를 끌고 있다. 매달아준 가죽 조각을 입에 물긴 하지만 아직 마구는 단 한 입도 씹지 않았다. 솔트는 이제 얼굴을 앞으로 향하고 썰매를 끈다. 그리고 이제는 자신의 예민한 에너지를 몸을 웅크리거나 수그리는 데 쓰지 않고 달리는 데 쏟고 있다.

그리고 이 모든 것을, 개들을 단 한 번도 차거나 때리지 않고, 그것도 나 혼자서 해냈다! 개들이 얼마나 말을 안 듣던지 머셔들이 자기 개들을 쏘아 죽인 일도 있다는 얘기를 들은 적도 있는데 말이다. 내년 겨울이면 나한테도 태어날 때부터 훈련을 잘 받아서 피 속에서부터 썰매를 끄는 에너지를 가지고 태어난 강아지들이 생길 것이다. 그리고 아빠랑 나랑 한 팀이 되어 그 강아지들을 훈련시킬 수 있을 것이다.

아빠의 헤드라이트가 눈 위를 휩쓸다 짚더미 속에서 웅크리고 자고 있는 내 개들을 환하게 비춘다. 모닥불은 불 위에 매달린 양철통과 함께 벌겋게 익는다. 개가 먹을 밥이 부글부글 끓고 있다. 내 차 주전자도 옆에서 끓고 있다.

"잠 좀 자 둬라, 베키."

개 한 마리에게 몸을 숙여 앞발을 살펴보면서 아빠가 말한다.

"이래서 핸들러가 필요한 거야. 중간 체류지에서 머셔들이 충분한 휴식을 취할 수 있게 해 주는 게 핸들러들의 일이거든."

개들의 걸음이 마침내 느려진다. 그래도 내가 따라잡기에는 아직 빠르다. 우리는 계속 강을 내려가고 있는 중이다. 봄 날씨에 녹은 얼음물이 얼음 위로 웅덩이를 이루고 있다. 우리는 아까 아빠가 얘기했던 그 얼음 다리에 이른다. 좁게 남아 있는 얼음이 다리 모양을 이루고, 그 다리 양쪽으로는 물살이 세차게 흐르고 있다.

우리는 일단 팀을 멈춘다. 아빠 말이 맞다. 이 다리를 건너는 것 외에 돌아가는 길은 없다.

"너무 위험해요. 이렇게 위험한데 꼭 건너야겠어요?"

엄마가 말한다.

"내가 먼저 살펴보리다."

아빠는 자기 썰매 가방에 쑤셔 박아둔 가문비나무 가지를 꺼내 얼음 다리 쪽으로 한 걸음 옮긴다. 아빠는 주변의 얼음을 이쪽저쪽으로 두들기면서 소리를 듣는다. 속이 빈 얇은 얼음에서 나는 소리가 나는지 한동안 듣고 있다가 한 걸음 옮겨서 또 얼음을 때리는 일을 반복한다. 또 한 걸음, 또 한 걸음. 그 다리를 다 건널 때까지. 계속해서 물이 철퍼덕철퍼덕 얼음에 부딪히는 소리가 난다. 개들은 아빠를 지켜보면서 낑낑거린다.

마침내 아빠가 돌아온다.

"지금 건너지 않으면 오늘밤에 오두막에 도착하는 건 포기해야 할 거요. 어쩌면 이번엔 영영 못 갈지도 모르지."

다리 한 쪽에서 떨어진 얼음 조각 하나가 물속으로 떨어져 물살에 휩쓸려 사라진다.

엄마가 고개를 끄덕인다. 이집트의 목줄에 긴 밧줄을 매는 엄마의 얼굴이 잔뜩 굳어 있다. 줄을 매고 나서 엄마는 썰매 백 위에 레이첼을 잘 올려놓는다. 만약에 썰매가 물에 휩쓸리더라도 재빨리 안전한 방법을 찾기 위해서다. 엄마가 밧줄 끝을 아빠에게 던진다.

내 팀이 건널 때 진저가 반쯤 가다 뒤돌아보고 내게로 돌아오려다 살얼음에 발을 디딜지도 몰라 걱정이다.

"베키, 받아!"

이미 건너가 있던 엄마가 이렇게 외치면서 뭔가를 던진다.

엄마가 던진 밧줄을 받으려고 팔을 뻗어보지만 썰매 옆으로 떨어진다. 그 밧줄 끝에 진저의 목줄에 맨다. 물이 얼음 양쪽을 사정없이 때리며 지나간다. 물속은 검고 깊다.

아빠가 레이첼을 침낭 안으로 넣어주고 밧줄 끝을 잡고 있다.

"길을 벗어나지만 않으면 안전해."

아빠가 말한다.

나는 발을 가볍게 디디면서 내 썰매 뒤를 따른다. 얼음 양쪽으로 세차게 흐르는 물을 보면 아찔하다. 사람이든 개썰매 팀이든 아차 하는 순간에 저 물속으로 빨려 들어갈 수도 있다.

절반쯤 왔을 때 진저가 멈춘다. 솔트와 페퍼는 진저 뒤에서 가만히 기다린다. 다시 그 말을 해 줘야 할 때가 된 것 같다. 단 겁먹지 말고 단호하게 말해야 한다.

"가자!"

진저는 봇줄 쪽으로 기대면서 썰매를 끈다. 썰매가 앞으로 나간다.

나도 드디어 다리를 건넜다.

"해냈구나!"

아빠가 이렇게 말한다.

나는 아빠에게 밧줄을 던지고 계속해서 강 아래로 내려간다. 물이 솟구쳐 나오던 물구멍들이 지금은 다 얼어붙은 것 같다. 그래도 아직도 얼음 위로 물이 흐르고 있긴 하다. 진저가 발이 젖는 게 싫은지 발을 조심스럽게 들어 올려 보지만 소용이 없다. 그래도 가지 않으려고 하지 않으니 다행이다. 페퍼는 컹컹 짖으면서 물을 할퀸다. 솔트는 물줄기가 자기를 공격할 때마다 깜짝 놀라 움츠러든다.

지금부터는 건조한 눈 위다. 걷기가 훨씬 편하다. 아직도 강 양쪽으로 산이 있긴 하지만 아까보다는 강둑에서 멀리 떨어져 있다. 지금부터는 다시 얼음이 깨져 물이 넘쳐흐르는 위험한 곳이 있으면 산길로 돌아가면 된다.

순록과 늑대들의 발자국이 얼음 위와 양쪽 산 가장자리에 어지럽게 흩어져 있다. 흰멧새들과 긴발톱멧새들이 툰드라에서 새끼를 치기 위해 엄청나게 떼를 지어 날아가고 있다.

피에 굶주린 모기들은 계속해서 내 뺨을 공격한다.

그 다음 몇 킬로미터는 편하게 갔다. 강은 둑에서 둑까지 얼어붙어 있고, 개들은 계속해서 같은 속도를 유지하며 달린다. 오두막은 우리가 마지막으로 텐트를 쳤던 곳에서 32킬로미터 정도 떨어져 있다. 오늘밤 안으로 그렇게 먼 거리를 갈 수 있다는 게 상상이 가질 않는다.

그런데, 갑자기 엄마랑 아빠가 진저의 새끼들을 마을로 데려갈 수 없을 거라고 했던 말이 기억난다. 엄마 아빠의 생각이 그렇다 해도 나는 새끼들을 데리고 가야 한다. 지금은 너무나 피곤해서 그 생각에 집중하기가 어렵다. 조금만 덜 피곤하면 방법을 찾는 데 몰두할 수 있을 텐데…….

그대로 따라가면 우리 오두막 옆으로 이어지는 계곡이 점점 좁아진다. 그래서 강을 끼고 나 있는 사냥 길을 따라가는 동물들은 뭐가 됐건 절벽 사이에 있는 좁은 오솔길로 들어가게 돼 있다. 다른 어떤 곳에서보다 우리 집에서 보면 그 길이 아주 잘 보인다. 사냥꾼에게는 이곳이 오아시스나 다름없다. 이곳은 늑대와 순록의 세상이다. 산에는 수백 년 된 순록들의 자취가 이끼 속에 혹은 바위 위에 새겨져 있다. 아빠가 언젠가 한번은 순록들은 엄청난 떼를 지어 매년 이 길을 사용해 산으로 올라가기 때문에, 불법만 아니라면 순록을 이 길에서 꾀어내 사냥하는 건 식은 죽 먹기라고 했다.

아빠의 썰매가 점점 더 앞으로 멀어져 간다. 몇 번은 아빠가 멈춰 서서 나를 기다린다. 그 사이 엄마도 멀리서 눈신발을 신은 채 무릎을 꿇고 쉬면서 아빠를 기다린다. 진저가 곧 새끼를 낳지 않을 거라면 핸들바 뒤에 올라타고 가면 되는데. 피곤을 잊으려고 생각을 순록과 늑대에게 돌리려고 하는데 잘 안 된다. 눈이 계속 감기려고 한다.

"왜? 무슨 문제 있어?"

아빠가 소릴 지른다.

"잠이 와요!"

진저가 내 손에 코를 문지른다. 나는 진저의 귀 뒤를 만져준다. 페퍼가 빨리 가자고 낑낑거린다.

"더 빨리 가지는 못하겠어요."

아빠도 피곤해 보인다. 재밌는 일이다. 하지만 지난 며칠간 나는 아빠의 얼굴을 살펴보는 일을 멈췄다. 그만둘 때까지는 나는 내가 아빠의 얼굴을 그렇게 매번 살피고 있는 줄도 몰랐다.

"좀 쉴까?"

아빠가 묻는다.

"예!"

나는 진저의 얼굴 앞에다 손을 올린다.

"멈춰!"

칼로 자르는 시늉을 내면서 나는 명령을 내린다.

"앉아!"

나는 진저의 등을 아래로 민다. 나는 말로뿐 아니라 손으로 신호를 보내는 훈련을 함께 해 왔다. 사냥을 나갈 때처럼 조용히 할 필요가 있을 때 수신호만으로 명령을 듣게 만들어야 하니까.

나는 아빠 쪽으로 간다. 페퍼는 봇줄을 맨 채로 앞으로 나가면서 가자고 소리를 지른다. 앉으라고 무섭게 명령했더니 페퍼는 슬픈 듯 울부짖으면서 앉는다. 그리고 종내는 누워버린다. 나는 아빠의 썰매 위에 걸터앉아 주위를 둘러본다.

엄마가 돌아와 뜨거운 주스와 핸들바에 걸어놓은 가방에서 로켓 연료를 꺼낸다. 지금은 다시 주변이 어슴푸레하다. 강둑을 따라 난 나무들이 희미하게 보이고, 컴컴한 숲에서는 부엉이 우는 소리가 들린다. 그 외에는 사방이 고요하고, 기온은 간신히 영하를 유지하고 있다.

앉아 있는 게 서 있는 것보다 훨씬 더 힘들다. 앉으니까 눕고 싶은 생각이 든다. 잘 시간이 많이 지났다. 레이첼은 짐 위에 펴 놓은 침낭 속에서 얼굴만 내놓은 채 자면서 거칠게 숨을 몰아쉬고 있다.

"너무 피곤해서 걷기 힘들지?"

엄마가 부드럽게 말을 걸어온다.

엄마의 목소리가 멀리서 들리는 것 같다. 말을 하려면 집중을 해야 한다. 나는 일어서서 숨을 깊이 몇 번 들이쉰다.

"잠깐 동안 잤으면 좋겠어요."

텐트에서 싸운 뒤로 엄마가 내게 더 많은 관심을 기울이고 있다. 전 같으면 엄마는 내가 피곤한 줄도 몰랐을 것이다. 온 신경을 아빠한테만 쓰고 있었을 테니까.

"침낭 속으로 들어가라. 레이첼 앞쪽에 잘 공간이 있을 거야. 진저는 다른 썰매들을 따라올 테니까 걱정 말고."

엄마가 말을 잇는다.

"진저."

침낭 속으로 빠져들면서 나는 진저를 생각한다. 하지만 몇 분 동안은 진저 생각마저 까맣게 잊는다.

아빠는 멀리서 산 쪽을 쳐다보고 있다. 망원경으로 비탈을 살피고 있는 중이다.

"볼래?"

침낭 속에 누운 내 손에다 망원경을 쥐어주면서 아빠가 묻는다. 나는 고산의 우묵하게 꺼진 땅에서 눈을 헤치면서 죽 늘어선 흰 점들에 초점을 맞춘다. 달양(Dall sheep, 알라스카나 캐나다 북서부에 사는 크고 흰 야생양-옮긴이)은 산꼭대기에 사는 흰 야생양이다. 바위 사이사이를 훌쩍 뛰어다니는 둥글게 말린 아름다운 호박색 뿔과 바위에 착 달라붙을 만큼 흡입력

이 강한 신기한 발굽이 있다.

"그렇게 큰 양은 아니네요."

내가 말한다.

"해마다 이맘때쯤이면 숫양들은 암양들과 함께 있지 않는단다."

아빠가 설명을 덧붙인다.

"세 살이 되면 숫양들은 1년의 대부분을 자기들끼리만 보내지."

계속 보고 있자, 암양 한 마리가 바위 표면으로 뛰어오르더니 다른 쪽으로 건너뛰기 전에 얼마 동안 그 바위에 그대로 붙어 있다. 도움닫기를 위해 잠시 멈춘 듯하다.

"저 암양은 꼭 레이첼 같아요."

너무 피곤해서, 엄마도 보겠다고 망원경을 달라고 할 때까지는 내가 시끄럽게 떠들고 있다는 것조차도 몰랐다. 엄마에게 망원경을 건네주자 엄마가 자기 눈에 맞게 초점을 조절한다.

아빠도 기분이 좋아 보인다. 지금 말고는 기회가 없을지도 모른다.

"아빠? 강아지들을 마을로 데려갈 수 있는 방법이 생각났어요."

아무 대답도 없다. 엄마는 망원경을 내려놓고 뜨거운 주스를 더 부어 마신다.

"내가 등에 지고 가려고요. 너무 깊지 않게 자루를 두 개 만들 거예요. 강아지들이 고개를 내밀 수 있게요."

"어떻게 그 안에 계속 있게 할 건데?"

엄마가 묻는다.

"자루에다 벨트를 만들어 붙인 다음에 내 허리에 맬 거예요."

"문제는……."

아빠가 대답한다.

"네가 그렇게 할 수 없을지도 모른다는 거지. 오늘밤에도 벌써 지쳤잖아, 그렇지?"

썰매 백 속에 누워 희미하게 별이 떠오르는 모습을 지켜보면서 나는 그 말을 부인하기 어렵다고 생각한다.

"강아지로 가득 찬 자루를 메고 가는 건 이보다 훨씬 더 힘든 일이야. 절반쯤 갔는데, 시간이 너무 오래 걸려서 음식이 다 떨어지면 또 어떡할래?"

엄마는 내 어깨 위에 손을 올린 다음 보온병을 가방으로 다시 집어넣는다.

"너 잘 수 있게 침낭을 하나 꺼내야겠다."

엄마가 이야기한다.

"진저의 목줄을 큰 썰매 뒤에다 묶고 그 짐 위에 올라타

라. 지금 너한테 필요한 건 잠인 것 같구나."

나는 썰매 백에서 마지못해 내려와 진저에게로 걸어간다. 진저는 얼음 위에 누워서 끈기 있게 날 기다리고 있다. 만져 주려고 몸을 구부렸더니 진저의 흰 꼬리가 바닥을 탁 친다. 나는 진저뿐 아니라 다른 두 마리까지 함께 꽉 끌어안는다.

"괜찮아요, 엄마."

내가 어깨 너머로 엄마에게 말한다.

"그냥 걸어갈래요."

10

　그 뒤로 밤 풍경은 꼭 꿈속 같다. 별들은 강 위에서 빛을 내며 깊고 깊은 우주도 가득 채우고 있다. 하늘을 올려다보는 것이 마치 숲속을 들여다보는 것 같다. 어떤 별들은 다른 별들보다 더 멀리 떨어져 있고, 가끔 별 하나가 어둠을 가로질러 사라지기도 한다. 강의 얼음 너머 바위 절벽과 강 절벽 어딘가에서 눈이 녹아떨어지는 소리가 계속해서 들린다.

　밤이 점점 깊어지면서 눈 떨어지는 소리가 멈추고 썰매를 끄는 개들의 거친 숨소리와 썰매의 삐거덕거리는 소리, 그리고 개들의 목줄과 봇줄이 부딪히는 소리만 들린다. 이젠 더 이상 잠이 온다는 생각을 하지 않으려고 애쓸 필요가 없어진 것 같다. 이 어둡고 얼어붙은 풍경 속을 영원히 걸어오고 있는 것 같은 몽롱한 느낌이 마치 꿈속에 있는 것 같다.

아빠가 외친다.

"절반쯤 왔다! 16킬로미터만 더 가면 돼!"

대답하는 사람은 없다. 우리는 그냥 계속 걷고 개들은 계속 끈다.

밤 어느 땐가 길이 구부러지는 데서 나는 진저의 곁을 떠나 썰매 뒤에서 걸으면서 썰매가 길에서 벗어나지 않게 하려고 핸들바를 민다. 16킬로미터나 걸었다니. 이렇게 많이 걸어보기는 난생 처음이다! 진저도 썰매를 어느 정도는 끌 수 있다. 썰매 뒤에 올라타 보면 진저가 어느 정도 끌고 있는지를 알 수 있다. 하지만 그 순간 손가락 끝에서 꿈틀거리던 강아지들의 느낌이 되살아난다.

다리의 통증이 잠깐 멈춘다. 나중에 다시 아파 온다. 종아리가 절벽 오르기 경주라도 하고 있는 것처럼 딴딴해진다. 내가 해야 할 일은 계속해서 걷는 것뿐이다. 그러면 언젠가는 밤이 끝날 것이다.

발자국 소리가 들리더니 누군가가 나를 안고 옮긴다.

"그러지 마세요."

내 말을 듣고 아빠가 나를 내려놓는다. 별들이 더 이상 깊이 있게 느껴지지 않는다. 하늘이 밝아오고 있다.

"넌 이미 네 능력을 증명해 보였다, 베키. 진저 걱정은 마라. 개들은 네가 생각하는 것보다 훨씬 더 강해. 개들은 그냥 앞 썰매를 따라 걸을 거야. 진저가 썰매를 힘들게 끌지 못하게 막을 거고. 내가 잘 지켜보마."

"그럴 필요 없어요. 내가 같이 걸을 거니까요."

나를 내려다보던 아빠의 얼굴에 그림자가 진다.

"너 때문에 시간이 지체되고 있는데 모르겠어? 네가 걷지 않으면 속도를 낼 수 있고 그만큼 더 빨리 도착할 수 있단 말이다."

아빠가 뻣뻣하게 나를 들어서 큰 썰매의 짐 위에다 올려놓는다. 따뜻한 침낭이 나를 둘러싸고 밑으로는 순록 이불이 깔리는 느낌이 온다. 그리고 아빠의 손이 잠깐 동안 내 머리에 머문다. 안전하고 행복하다.

곧 이어 엄마가 소리친다.

"가자!"

그러자 썰매가 길을 나서고 삐거덕 소리를 내며 나를 싣고 간다.

눈이 감긴다. 뜨고 있으려고 깜빡여 보지만, 어느 순간 잠이 든다. 일어나 보니 벌써 해가 오두막에서부터 강을 건너 산등성이 위로 넘어 와 있다.

여기가 어딘지 잘 안다. 몇 시간만 있으면 집에 도착할 수 있는 거리다. 오두막에 머물 때면 오후에 낚시를 하기 위해 이곳까지 걸어온 적도 많았다. 여긴 우리 뒤뜰이나 마찬가지인 곳이다. 햇빛이 얼음 위로 쏟아져 푸른색으로 보석처럼 반짝이다가 불꽃처럼 환해진다. 나는 눈을 감는다.

• • •

뭔가 축축한 것이 내 얼굴에 확 끼얹어진다. 너무 차가워서 뭔가가 얼굴을 찌르는 것 같다.

물이다!

누에고치 같은 침낭에서 겨우 빠져나온다. 썰매가 강물을 지나가고 있는 건가?

벌써 우리 집 앞 건너편 둑 위에 올라가 있는 아빠는 이집트의 마구에 매단 밧줄을 당기고 있다. 내 썰매도 이미 건너가 있고, 내 개들은 봇줄에 매인 채 웅크리고 앉아 졸고 있다. 아빠랑 엄마가 나도 없이 내 팀을 끌고 가 버린 것이다.

내 뒤에서 레이첼이 울기 시작한다.

"괜찮아. 오두막에 거의 다 왔잖아, 보이지? 강이 여기만 녹았어. 잠깐이면 강을 건널 거야."

"무서워."

평소에 레이첼은 절대 무섭다는 말을 하지 않는다.

"아무 문제 없다니까."

내가 레이첼을 달랜다. 더 많은 물이 내 얼굴을 적신다.

"이 썰매는 보트로 변신할 수 있어. 게다가 물이 그리 깊은 것도 아니네, 뭐."

내 말은 어느 정도는 사실이다. 썰매 백은 신소재로 만들어져 있어 방수가 잘 된다. 썰매가 물에 혹시 빠지더라도 물위에 뜰 것이다. 적어도, 잠깐 동안은.

레이첼은 내 가슴에다 머리를 기댄다. 레이첼의 손가락이 입속으로 들어가는 소리가 들린다.

아빠는 웅크린 채 몸을 뒤로 기울여서 이집트에게 맨 밧줄을 온몸으로 끌어당기고 있다. 이집트가 수영을 하지 않으려 하기 때문이다. 물살이 너무 세서 그런 건지도 모른다. 이집트가 물살에 휩쓸려 떠내려가면 우리도 썰매에 타고 함께 떠내려가는 수밖에 없다.

"가자!"

엄마가 이렇게 외친다. 엄마는 지금 우리가 탄 썰매 뒤쪽에 서서 썰매를 밀고 있다.

"넌 할 수 있어!"

이집트가 수영을 시작하는데, 물살이 만만치 않다. 아빠가 이집트에게 맨 밧줄을 우리 쪽으로 끌어당긴다.

"그대로 가만히 있어."

내가 레이첼에게 말한다.

"태피를 잘 붙잡고 있어. 태피는 네 책임이잖아."

나는 짐에서 강으로 뛰어내려 엄마 옆에서 핸들바를 잡는다. 아빠의 모자가 강으로 떨어진다. 아빠는 강물 끝 오른편에 서 있다.

엄마와 나는 썰매의 하류 쪽에서 썰매를 민다. 물살이 다리를 세차게 때린다. 너무 차가워서 불에 덴 것처럼 아프다. 물살이 내 허벅지를 칼로 찢는 것 같다. 나는 몸을 똑바로 세우고 썰매를 민다. 썰매를 놓치면 하류로 휩쓸려가 버릴 거라는 걸 잘 알고 있다.

이집트는 지금은 아빠 쪽을 향해 가고 나머지 팀들도 그 뒤를 잘 따라가고 있다. 나는 잠깐 이집트의 머리가 물속에서 나왔다 들어갔다 하는 걸 본다. 이집트는 낑낑거리고 있고 아빠는 밧줄을 끌어당기다 뒤쪽으로 넘어진다. 그 바람에 밧줄이 느슨해지자 이집트는 더 이상 수영을 하지 않는다. 다행히 물이 깊지 않다. 이집트는 수영 대신 걸어가다가 강가에 도착하자 몸을 부르르 떨면서 물기를 털어낸다.

내 다리도 이젠 더 이상 불에 덴 것 같지 않다. 지금은 감각이 없다. 물이 무릎에 부딪히더니 이번에는 종아리다. 아빠는 뒤쪽으로 밧줄을 잡아당기고 있고 나머지 개들도 물에서 기어 나와 몸을 흔들어 물기를 턴다. 한 마리 또 한 마리. 나는 썰매 뒤에 올라타고 얕은 물에서 강변에 도착할 때까지 타고 간다. 엄마가 내 뒤에 오면서 물을 철벅거린다. 물까마

귀 한 마리가 어디선가 노래하고 있다.

뛰어내리니 마른 땅이다. 집이다.

다리의 무감각은 그리 오래 가지 않는다. 하지만 이제는 다리가 찌릿찌릿 저려오다가 쿡쿡 때리는 것 같은 통증이 시작된다. 나는 위로 아래로 콩콩 뛴다. 레이첼도 태피를 내던지고 내 뒤로 뛰어내린다.

온 발에 온기가 퍼지는 걸 느끼면서 나는 뛰는 걸 멈춘다. 레이첼은 스노팬츠와 재킷, 모자와 장갑을 벗고 있다.

"뭐하는 거야?"

내가 묻는다.

"진흙놀이 하려고. 진흙 속에서 다리 찢기를 해 볼 거야."

레이첼은 셔츠랑 내복도 벗어서 어깨 너머로 던진다.

햇살이 오두막 주변의 공터를 가득 채운다. 속옷과 부츠만 신고 창백한 얼굴로 레이첼이 깔깔거린다.

"여기서 물구나무 서기 연습하면 얼마나 좋은데. 넘어져도 부드러워서 그리 안 아프거든."

레이첼이 말한다.

엄마랑 아빠는 개 돌보랴 오두막의 창문 셔터 내리랴 정신이 없다.

"제자리에, 준비, 출발!"

레이첼이 이렇게 소리치면서 집채만한 크기의 웅덩이 속

으로 뛰어든다.

그래, 안 될 게 뭐 있어? 몸도 이미 젖었는데. 나도 레이첼과 함께 소리를 지르면서 뛰어든다. 아차!

"잠깐. 기다려! 개들 먼저 돌봐주고 올게."

하지만 진저랑 솔트, 페퍼는 봇줄에 매인 채 몸을 둥글게 웅크리고 있다. 봇줄을 들고 흔들어도 아무 반응이 없다. 썰매 백에서 육포를 꺼내 페퍼의 코앞에 갖다 댄다. 깊이 잠들어 있던 페퍼가 순식간에 뛰어올라 육포를 낚아채서 앞으로 내달린다. 마치 짐 썰매를 끌기라도 하듯. 나는 페퍼의 마구를 봇줄에다 맨 걸쇠를 풀어준 뒤, 다리와 가슴 목으로 해서 꼼지락꼼지락 마구를 빼낸다.

"진정해, 페퍼!"

나는 페퍼의 머리털을 헝클어뜨린 뒤 페퍼를 공터로 데리고 가 나무에 매 놓는다.

"네 집은 어떻게 할지 나중에 생각해 볼게."

하지만 페퍼는 아무 관심도 없다. 말을 마치기도 전에 눈 속에 웅크리더니 꼬리를 머리 아래다 넣고 잔다.

다음은 솔트다. 페퍼처럼 육포로 유인해 보지만 페퍼와는 달리 전혀 반응이 없다. 낑낑거리긴 하지만 어쨌든 불안해하면서도 먹기는 한다. 자기가 육포를 먹는 게 아니라 육포가 자기를 먹기라도 하듯 성의 없이.

솔트를 끌고 가 보려는데 도통 공터를 건너가려고 하질 않는다. 솔트를 끌고 가는 건 포기하고 그냥 그 자리에 매 놓는다. 솔트는 온몸의 무게를 내게로 기댄 채 내 옆구리에 머리를 문지른다.

"몸이 뻣뻣해?"

페퍼에게 묻는다. 페퍼는 내 손을 핥는다. 육포 맛이 날지도 모른다. 하지만 어쨌든 페퍼가 이런 반응을 보인 건 처음이다.

돌아보자 진저가 양쪽 눈을 다 뜨고 나를 지켜본다. 나는 진저 옆 눈 속에 무릎을 굽히고 육포를 먹인다. 다 먹고 난 뒤에 진저의 머리를 내 무릎 위에 올려놓고 안아준다.

"미안해. 어젯밤에 나 대신 네가 썰매 위에 올라갔어야 했는데."

목으로 컹컹 소리를 내고 입 꼬리를 올려서 허스키 스마일을 보여주는 것이 진저의 대답이다. 아빠는 늑대들이 자기 무리의 대장에게 대고 비빌 때 그렇게 한다고 말한 적이 있다.

"진저를 안으로 데리고 가고 싶니?"

올려다본다. 엄마가 옆에 서 있다.

"자, 가자, 진저!"

엄마가 어르듯 부드럽게 진저를 부른다. 진저는 귀를 쫑긋 세우더니 천천히 일어나서 몸을 흔들어 흰 털에서 강물의 마지막 한 방울까지 다 털어낸다.

"진저는 편히 쉬어야 하니까 다른 짐을 다 풀고 나서 안에다 쉴 곳을 마련해 주마."

엄마가 이렇게 얘기한다.

"잠자리는 내가 만들어 줄게요."

나는 이렇게 말한 뒤에 진저를 데리고 오두막 안으로 들어간다.

통나무집은 우리가 떠났던 때 그대로다. 작년에 우리가 여기 왔다간 뒤로 우리 가족에게 무슨 일이 일어난 걸까. 기억이 나질 않는다. 아빠의 머리에 문제가 생겼고, 엄마는 가족이 나눠지기를 원했고…… 아빠와 엄마가 진저의 새끼들을 마을로 데려갈 수 없다고 했던 일도, 아무리 생각해도 내가 새끼들을 데려갈 수 있는 방법을 찾아낼 수 없었다는 사실도 전부 다 잊는다.

나는 오두막집 문간에 서 있다. 행복한 시간의 기억들이 나를 휩쓸고 지나간다.

마을로 가기 전에 마지막으로 통나무집을 한 번 더 돌아본다. 짐들은 상자에 넣어서 비밀장소에 안전하게 보관해 두었다. 비밀장소란 동물들이 올라오지 못하게 양쪽에서 지탱하는 나무들을 은박지로 싸놓은 작은 나무집이다. 통나무집이 달라 보인다. 아빠의 팔이 나를 안는 걸 느낀다. 엄마가 바깥 어딘가에서 휘파람을 분다.

"개들 마구를 채울 건데. 도와줄 거지?"

아빠가 묻는다.

"떠나고 싶지 않아요."

나는 아빠에게 이렇게 말한다.

"다시 돌아올 거야, 베키."

아빠가 말한다.

"우린 언제나 돌아올 거야."

통나무집 구조는 아주 단순하다. 결이 그대로 살아 있는 통나무로 짓고 레이첼과 내가 공터 주변의 숲에서 모아온 이끼로 틈을 막아 지은 집이다. 들어가면 부엌과 일종의 거실이라고 할 수 있는 긴 방이 하나 있다. 그 방의 끝에서 왼쪽이 엄마 아빠 방이다. 오른쪽이 나와 레이첼의 방이다. 방 중간에 세워둔 책장 하나가 우리의 잠자리와 노는 공간을 나눈다.

나는 진저를 문 뒤로 데리고 들어간다.

"진저를 화덕 옆에 둬야 하지 않을까? 겨울 내내 창에 셔터가 내려져 있어서 안이 춥잖아."

엄마가 이렇게 권한다.

"그럼 좋죠."

햇빛이 낡은 마룻바닥을 환하게 비추고 있다. 우리가 작년에 여기에 왔다 가고 처음 왔으니까 이 햇빛이 올해 이 방의 첫 햇빛이다. 통나무집은 통나무벽이 방의 열기를 빨아들이기 때문에 안이 따뜻해지려면 적어도 3일은 걸린다.

레이첼은 물속에서 찰랑거리면서 소리를 지른다.

"이것 좀 봐! 이거! 다리 찢기를 할 수 있어. 이것 좀 보라니까!"

레이첼이 기뻐서 소리친다.

물 첨벙거리는 소리가 엄청나게 크게 들린다.

"엄마! 나 홀딱 젖었어요!"

레이첼이 외친다.

나는 진저의 목을 껴안으며 웃는다.

창밖으로 내다보던 엄마도 웃는다.

"볼 만하구나! 속옷과 부츠만 신은 레이첼, 흰 눈과 눈 덮인 산을 배경으로 웅덩이 속에 서다!"

엄마는 이렇게 말하면서 늘 연필을 꽂아두는 귀 뒤쪽으로 손을 올린다.

"할 일이 많다."

아빠가 내게 상기시킨다.

"썰매 짐도 풀어야 하고, 땔감도 들여와야 하고. 레이첼에게 도와줄 수 있는지 물어 봐라."

아빠는 엄마가 연필을 향해 손을 뻗는 걸 보았어야 했다. 아빠는 엄마가 스케치를 전혀 하지 못하고 있다는 사실조차 눈치 채지 못한 게 분명하다. 그뿐 아니다. 레이첼이 진흙 웅덩이 속에서 놀고 있어서 당장 일을 할 수 없다는 것조차 모른다.

한숨을 쉬면서 진저는 이미 불이 켜진 화덕 옆에 편안하게 자리를 잡는다. 몸을 웅크린 채 코를 내 손에 박더니 문질러 댄다.

"레이첼도 한번은 스스로 땔감을 가져올 수 있어야겠지."

엄마가 말한다.

"마른 옷을 찾기만 하면."

엄마가 한숨을 쉬더니 아빠를 쳐다본다.

"썰매 짐은 당신이 푸세요. 베키하고 나는 가문비나무 가지를 좀 모아와야겠어요. 진저한테 제대로 된 침대가 필요한 것 같네요."

11

　엄마랑 나는 숲에서 딱딱하게 굳은 눈을 헤치고 진저를 위해 가문비나무 가지를 모으고 있다. 햇빛이 눈에 반사돼서 어찌나 눈이 부신지 저절로 눈살이 찌푸려진다. 태양은 산 위에 떠 있고, 날은 아주 뜨겁다. 가문비나무 주변과 강둑길을 따라 눈이 녹고 있다. 강 절벽에는 시든 나뭇잎과 이끼가 카펫처럼 덮여 있다. 처음으로 맨 땅을 볼 수 있는 곳이다. 하얀 눈 옆의 흙이 아주 검게 보인다.

　얼음이 총소리를 내며 깨지더니 이내 조용해진다. 얼음 깨지는 소리기 둑에서 둑까지 퍼진다. 강에는 얼음 위로 물이 흐르고 있다. 얼음 위로 흐르는 물은 얼음 아래에 흐르는 강물이 깨진 틈을 통해 올라와 강의 표면을 따라 흐르는 것이다.

"도착했으니 망정이지 큰일 날 뻔했어."

엄마가 말한다.

"지금 같으면 저 물을 걸어서 건너고 싶지 않았을 거야."

"나도 그래요. 개들도 그럴 거예요. 이끌고 갈 베어도 없는 마당에."

나는 잠깐 멈칫한다. 엄마가 무슨 말이든 해 주길 바라면서. 가족 가운데 누구도 이제까지 베어의 죽음을 입에 올린 사람은 없었다. 아빠 썰매 팀의 심장이 사라졌는데, 다 같이 아무 일도 일어나지 않은 척하고 있는 것이다.

엄마는 조각품 아이디어가 생각날 때처럼 먼 곳을 바라보는 표정을 짓고 얼음 위를 보고 있다. 엄마의 그런 표정은 태어날 때부터 봐 와서 내겐 아주 익숙하다. 그럴 때 엄마는, 같이 이야기를 나누며 걷다가 혹은 일을 함께 하다가 어느 순간 뭔가를 뚫어져라 쳐다보면서 꼼짝도 않는다.

이런 날 통나무집으로 돌아가면 엄마는 연필을 꺼내들고 본 것을 스케치한다. 그런 날 밤이면 내 침대에서 의자에 앉아 등을 구부린 채 쏟아지는 램프 불 아래 나무 블록을 다듬고 있는 엄마의 모습을 보게 된다. 작품을 완성하고 난 뒤에 엄마는 정말 행복한 표정을 짓는다. 그런 때면 엄마 옆에 있고 싶어진다. 엄마한테서 행복한 기운이 막 쏟아져 나오는 것 같아서다.

올해 나는 조각을 할 때 엄마한테서 쏟아져 나오는 그런 기운이 그리웠다. 솔직히 말하면 엄마가 그리웠다. 엄마에게 작품 아이디어가 생기는 그런 때가 정말 좋다. 하지만 지금은 그런 걸 즐기고 있을 때가 아니다.

"엄마? 강아지 얘기를 해야 할 것 같아요."

"지금?"

"아빠가 한 말씀 기억 안 나세요? 어젯밤에 내 스스로 썰매 팀을 몰 자격이 된다는 걸 증명했다고 했잖아요. 그러면 이젠 진저가 낳은 강아지들을 어깨에 메고 마을로 데려갈 수도 있지 않겠어요? 그렇잖아요? 어차피 눈이 녹아서 개썰매를 몰고 갈 수도 없게 됐잖아요."

"네가 증명한 건, 네가 기꺼이 노력할 거라는 것뿐이야."

엄마의 얼굴에서 상실감이 떠오른다. 엄마의 표정이, 조각 아이디어가 생겼다에서 바늘로 찔린 풍선으로 급격히 바뀐다.

"그건 네가 할 수 있다는 것과는 달라. 넌 어젯밤처럼 네 몸이 상할 때까지 노력할 거다. 하지만 강아지들을 마을로 데려갈 순 없을 거야."

엄마의 얼굴이 다시 슬퍼 보인다.

"엄마랑 아빠가 나한테 기회만 주시면 돼요."

"베키. 나도 너한테 강아지가 생겼으면 좋겠어. 너만큼이

나 나도 그걸 원해. 하지만 내가 지킬 수 없는 약속을 하진 않을 거다."

"아빠가 안 된다고 해도 엄마는 나한테 기회를 주셔야 하는 거 아니에요?"

엄마와 아빠는 항상 서로의 편을 들었다.

"그게 옳은 일이라면……."

오래 말이 없던 엄마가 다시 말을 꺼낸다.

"내가 그렇게 생각한다면, 그렇게 했을 거야. 모든 일에 영향을 미치는 것은 사실이지만, 아빠의 기분에 대해서는 너무 걱정하지 마라."

"아빠는 정말로 뭐가 잘못된 거예요? 어떤 때는 엄마한테조차도 나쁘게 대하시잖아요."

"아빠한테 무슨 일이 일어났는지는 나도 잘 몰라."

엄마는 내가 맞잡도록 손을 내민다.

"하지만 엄마에게나 아빠에게나 각자의 꿈이 있어. 아빠의 상태가 좋아지든 그렇지 않든 간에 각자의 꿈은 변함없을 거야."

나는 그 점에 대해 생각한다. 어쩌면 그게 맞을지도 모른다. 하지만 나는 아직 아빠가 없는 건 싫다.

"우린 아빠 없이 살아야 하는 거예요?"

"그 질문에 대한 답은, 내가 할 수 있는 게 아니야."

엄마가 빨강색 격자무늬 코트 안으로 나를 꼭 끌어안는다.

아직 어린 흰머리독수리가 바람을 타고 강 위를 난다. 산 정상 위를 바람을 타고 날고 있다. 한쪽으로 기울어진 채 빙 돌면서. 얼굴에 내리쬐이는 햇볕이 뜨겁다. 공터 위에는 숲 냄새가 떠돈다.

독수리가 점점 더 좁은 원을 그리며 날기 시작하더니 하강 기류를 탄다. 그리고 조금 뒤에 더 높이 더 멀리 날아오른다. 푸른 봄 하늘과 반짝이는 얼음을 배경으로 독수리가 나는 모습은 아름답다. 가끔씩 녹은 눈이 한 뭉치씩 나무에서 떨어져 내린다. 그러고 나면 나무는 조금 더 곧게 우뚝 서는 것처럼 보인다.

평생 동안 나는 이 봄을 기억할 것이다. 눈이 녹는 때에 집으로 왔고, 우리 발밑에서 강의 얼음이 깨질 뻔했던 이 봄을 어찌 잊을 수 있겠는가.

"오래 보면 볼수록 더 확신할 수 없어. 내가 이걸 조각해야겠다고 생각하고 쳐다보면 볼수록 그것에 대해 점점 더 알 수 없어진단 말이야. 아빠가 아픈 것도 나한테는 그런 느낌이었어."

작은 갈색 물까마귀 한 마리가 봄노래를 지저귀면서 열린 수로 위를 이리저리 뛰어다닌다. 돌 위에 걸터앉았다가 간식을 찾으러 물속으로 다이빙하기도 한다.

물까마귀를 아주 오랫동안 쳐다보고 있어서 나는 엄마가 말을 끝낸 거라고 생각한다. 그런데 한참 있다가 엄마가 말을 다시 시작한다.

"가끔 나도 궁금할 때가 있어. 아빠의 삶에 나도 전혀 모르는 무슨 일이 일어났던 건 아닌지. 호르몬 때문이 아니라 어쩌면 그런 일들이 아빠를 우울하게 만들었을지도 모른다고 말이야. 하지만 한 가지는 알고 있어. 우리 할 일은, 아빠 안으로 어둠이 들어가게 만든 게 무엇이었던 간에 그것이 우리 속으로 들어오지 못하게 하는 거야."

어둠이 실제로 사람에게서 사람에게로 전염될 수 있는 걸까?

물까마귀의 노래가 일정한 높이로 올라갔다 내려갔다 한다. 흡사 바이올린 음악처럼. 갈색 빛을 띤 또 다른 새 한 마리가 내려와 금이 간 얼음 위를 미끄러지더니 작은 발톱을 바깥으로 향한 채 착륙한다. 두 마리의 새가 나란히 서서 고개를 까닥거리며 노래를 부른다.

엄마가 근처의 가문비나무에서 한 아름의 가지를 끊어다가 나한테 건네준다.

"진저 잠자리에 깔 나무를 마련하기로 했잖아, 기억하지?"

공터를 사이에 두고 통나무집에서 우리를 부르는 아빠의

목소리가 들린다.

"베키! 빨리 돌아와!"

무엇 때문인지는 모르지만 급한 일처럼 들린다. 나는 엄마의 팔에서 마지막 가지들을 받아들고 통나무집으로 부리나케 뛰어간다.

• • •

눈이 통나무집 안의 어둠에 익숙해질 때에야, 아빠가 늙고 마르고 초췌한 얼굴로 헐렁한 바지를 입은 채 부엌 화덕 옆에 서 있는 게 보인다. 아빠 옆에서 진저가 발톱으로 마룻바닥을 긁고 있다.

나는 얼른 나뭇가지들을 내려놓고 진저를 그 위로 민다.

"앉아. 진저."

내가 이렇게 말하자 진저는 내 얼굴을 들여다보고 낑낑거린다. 나는 팔로 진저의 목을 끌어안는다.

"이젠 괜찮아, 진저. 괜찮을 거야."

"베키!"

"예?"

"진저한테 물이 필요할 것 같구나."

엄마가 들어오더니 끼이익 소리를 내며 문을 닫는다. 그러고는 진저 옆에 나뭇가지를 내려놓는다. 진저는 옆으로 몸을 눕히더니 다시 신음소리를 낸다.

"진저가 새끼를 낳는 거야?"

레이첼이 묻는다.

"응."

레이첼 어깨 위에 손을 올리면서 내가 이렇게 대답한다.

진저가 다시 비명을 지른다. 그러자 진저의 다리 사이에서 뭔가가 떨어진다. 피 묻은 플라스틱 자루같이 보이는 것 안에서 축축하고 꼬물거리는 뭔가가 움직인다. 진저는 낑낑거리다 이리저리 걷다 킁킁거리며 그것의 냄새를 맡는다. 그러고는 그것을 세게 빨더니 결국 자루를 찢는다. 진저가 더 열심히 빨자 깨갱 하는 소리가 들린다.

"진저!"

나는 그제야 숨을 쉰다. 진저가 꼬리를 흔들면서 고개를 들어올린다. 자루 속에 단단하게 구겨 넣어진 축축한 꾸러미 대신에 마루 위에 꼼지락거리고 있는 강아지 한 마리가가 보인다. 나는 따뜻하고 젖은 강아지를 들어다가 가문비나무 침대 위에다 조심스럽게 내려놓는다.

"여기야, 진저."

나는 진저를 구슬린다. 이번에 진저가 새끼에게 코를 비빈다. 새끼가 진저의 옆구리에 딱 맞는다. 새끼의 털색이 진저와 똑같다. 온통 하얗다. 하지만 너무 말라서 옆구리가 푹 꺼져 있는 것처럼 보인다. 새끼가 낑낑거리더니 다시 잠잠해진다.

오랫동안 우린 다 같이 지켜본다. 저런 게 어떻게 생명이 될 수 있을까? 마룻바닥에서 낑낑거리는 저 작은 게.

엄마가 새끼를 들어 올려서 손바닥 안에 놓고 어루만진다. 새끼는 꼼짝도 않는다. 엄마는 새끼의 배를 손가락으로 부드럽게 누른다.

"미안해, 베키."

엄마가 말한다.

"이 녀석은 죽었어."

레이첼이 훌쩍거리기 시작한다.

"이건 불공평해."

레이첼은 이렇게 소리치면서 방으로 들어가 버린다.

엄마는 나를 보다 침실 쪽으로 눈을 돌린다.

"내가 가서 이야기를 해 보마. 금방 돌아올게."

엄마가 이렇게 말한다.

진저 옆에 쭈그리고 앉아 나는 고개를 끄덕이며 머리를 쓰다듬어준다. 나도 누군가의 위로를 받고 싶다.

"새끼를 묻고 오마."

아빠가 나를 내려다보며 이렇게 말한다.

"안 돼요. 그냥 놔두세요. 나중에 내가 잘 묻어줄 거예요."

아빠의 눈에 눈물이 맺혀 있다.

"아빠는 뭐가 문제예요? 어쨌든 아빠는 새끼를 원하지 않잖아요. 이젠 새끼를 마을로 데려갈 걱정은 안 해도 되니 잘된 거 아니에요?"

아빠는 아무 말 없이 털이 하얀 새끼를 들고 바깥으로 나간다.

"내 썰매에 올려두세요."

나는 아빠 뒤에서 소리를 지른다.

"내가 돌봐줄 거니까요."

내가 묻을 거예요. 어디 묻었는지 표시해 놔야 언제든 찾을 수 있는 거잖아요. 나는 그 강아지를 기억하고 싶어요. 그 강아지가 존재하지도 않았던 것처럼 모른 척하고 싶지 않단 말이에요.

오랫동안 엄마의 손이 내 어깨에 올라와 있는 걸 느낀다. 엄마가 날 부른다.

"베키!"

엄마가 말한다.

"미안하지만 아빠랑 나는 나무를 구하러 가야 해."

엄마를 올려다본다.

"지금요? 나중에 가면 안 돼요?"

원래 이런 식으로 얘기하진 않는데, 지금은 나 혼자 있고 싶지 않아 이렇게 묻는다.

"그래, 지금. 미안하구나. 그렇지만 금방 돌아오마. 기다리고 싶은데, 알다시피 숲이 개울 건너편에 있잖아. 얼음이 우리가 생각했던 것보다 훨씬 빨리 녹을 것 같아. 그러면 썰매를 끌고 강을 건너갈 수가 없어. 너도 알잖아. 지금도 벌써 늦었는지도 몰라."

엄마 아빠가 떠나는 소리가 들린다. 지쳐 있는 개들은 두고 둘이서 썰매를 끌고 간다. 레이첼은 아직 방안에 있다. 레이첼을 들여다봐야 하는데 몸을 움직일 수가 없다. 진저의 옆구리는 더 이상 불룩하지 않다. 더 이상 새끼를 배고 있는 것 같지 않다.

진저가 계속해서 나를 핥고, 진저의 그 온기 때문에 도망가고 싶은 마음을 가까스로 참는다. 그러다 언젠가부터 나는 진저의 털에다 얼굴을 묻고 울기 시작한다. 울음보가 한번 터지고 나니 멈추기가 어렵다.

나는 아빠가 진저의 새끼들을 훈련시키는 걸 도와줄 거라고 생각했다. 막상 보면 강아지들을 예뻐하지 않을 사람이 어디에 있겠는가? 아빠의 썰매 개들을 훈련시킬 때 나랑 아빠가 파트너였던 사실을 아빠가 기억하고, 내가 내 팀을 훈런시키는 걸 자랑스러워 할 거라고 생각했다.

마침내 더 이상 눈물이 나오지 않는다.

올려다봤더니 레이첼이 마루에 무릎을 꿇고 있다.

"베키! 또 한 마리가 있어, 봐! 봐!"

레이첼 옆에 무릎을 꿇고 진저의 배에 아주 조심스럽게 손을 대본다. 뭔가 가느다랗고 단단한 것이 손가락 끝에서 꾸물거린다.

강아지 다리다!

진저의 호흡이 빨라진다. 진저의 옆구리가 불룩해지기 시작한다. 잠깐 멈췄다가 다시 올라가기 시작한다. 다시 또 다시.

"네 말이 맞아!"

"태어나는 게 이렇게 힘든 거였어?"

레이첼이 이렇게 묻는다.

"나도 새끼가 태어나는 건 한 번밖에 안 봤어. 전에 아빠 친구의 개가 새끼 낳을 때."

진저는 숨을 할딱거리기 시작한다. 고개를 돌리더니 다리 사이에 있는 뭔가를 물어뜯으려 한다.

"진정해! 진정해, 진저."

나는 배에 얹었던 손으로 머리를 쓰다듬는다.

진저의 호흡이 점점 가빠진다. 조금 느려졌다가 다시 빨라지기를 몇 번이고 반복한다. 그런데 아무 일도 일어나지 않는다. 새끼는 나올 생각도 하지 않는다. 레이첼은 가만히 앉아 진저의 머리를 쓰다듬고 있다. 공터에서 솔트가 낑낑거리는 소리가 들린다.

"새끼가 얼른 나와야 할 것 같아."

나는 진저의 배에 손을 얹고 이렇게 말한다.

"전에 내가 봤을 때는 새끼들이 아무 문제도 없이 쑥쑥 잘 나왔어. 그런데 그 머셔 아저씨가 새끼가 나오는 데 시간이 너무 오래 걸리면 어떻게 해야 하는지를 말해 줬는데, 그걸 내가 기억하고 있어."

그때 그 아저씨는 시간이 지체되면 무슨 일이 일어날 것인지도 말해 줬었다. 하지만 그 얘긴 하고 싶진 않다.

"우리가 도울 수 있을까?"

"강아지 스스로 나와야 해. 하지만 빨리 나오지 않으면 약간 손을 써줄 순 있어. 안쪽에서 약간…… 뒤집어준다든가 하는 식으로."

레이첼이 진저의 갈비뼈를 손으로 쓸어준다. 진저는 가문비나무 가지에 머리를 눕히고 신음 소리를 낸다.

"괜찮아. 괜찮아. 진저."

나는 계속해서 이렇게 말한다.

할 말이 그것밖에 없다니 바보 같아. 괜찮을 거라는 걸 내가 어떻게 알지? 진저를 도우려다가 내가 진저를 상하게 하지 않을 거라는 걸 어떻게 확신하지? 진저가 베어처럼 죽으면 어떡하지? 그렇게 되면 진저가 날 신뢰하든 말든 무슨 소용이란 말인가.

"나 여기 있어, 진저."

나는 속삭인다.

"내가 널 돌봐줄게. 너랑 함께 있어 줄게."

레이첼이 진저의 머리를 쓰다듬어 주고, 내가 진저에게 속삭인 지 꽤 시간이 지난 뒤에 레이첼이 일어서서 내게 뜨거운 차를 부어 준다. 설탕까지 넣는다. 내가 좋아하는 방식대로 뜨겁고 달콤하게.

"고마워."

레이첼은 다시 무릎을 꿇고 우리는 그 컵을 주고받는다.

나는 차 몇 방울을 접시 위에 떨어뜨려 진저의 코 밑에 갖다 놓는다. 진저는 고개를 들더니 킁킁 냄새를 맡고 나서 접시를 핥는다.

진저가 다시 끙끙거린다. 점점 지친 기색이 역력하다. 소리가 점점 약해진다. 누웠다가 일어섰다가를 반복한다. 지금은 진저가 진정할 수 있는 상황이 아니다.

차가 식었다. 창밖을 내다보고 나서 시간이 많이 지나갔다는 걸 알았다. 엄마 아빠가 벌써 집에 왔어야 할 시간이다.

174

나는 램프에 불을 밝힌다. 램프 불빛이 레이첼의 얼굴에 그림자를 드리운다.

"살아서 나올 것 같지 않아."

내가 말한다.

12

피곤하다. 어젯밤 얼어붙은 강을 걸을 때보다 몇 배 더 피곤하다. 누군가 이 일을 대신해 줄 사람이 있었으면 좋겠다. 하지만 그런 기적이 일어날 리가 없다.

"내가 할 거야. 저 강아지가 뭘 필요로 하는지 내가 느끼고 판단해야 해."

"어떻게 해야 하는지 언니는 잘 모르잖아. 진저를 더 다치게 할지도 몰라."

"괜찮아."

레이첼 앞에서는 어른이 되어야 한다. 내가 모든 일을 처리할 수 있다는 생각을 하게 만들어야 한다.

"진저는 진통이 엄청나게 심해. 진저도 강아지도 살아야만 해. 그럴 자격이 있어."

176

레이첼은 어깨를 으쓱하더니 먼 곳을 바라본다. 눈물이 뺨을 타고 흘러내린다.

"네 도움이 필요할 거야."

레이첼은 주먹으로 눈물을 닦는다.

"좋아!"

숨을 깊이 들이마시고 나서 레이첼이 말한다.

"진저를 안아주는 것처럼 팔로 진저의 목을 감고 있어 봐. 붙잡지 말고. 진저가 움직이지 못하게 해 줘."

진저는 이제는 너무 지쳐서 신음소리도 내지 못한다. 진통이 계속되는데도 진저의 몸 안에서는 아무 반응이 없다. 순간 나는 진저의 다리 사이로 손을 뻗는다. 내 일부는 엄마랑 아빠가 나무를 하고 있는 숲속으로 도망가고 싶어 하고, 다른 일부는 엄마의 손조차도 진저의 뱃속에 들어가기엔 너무 크기 때문에 이 일은 나밖에 할 수 없는 일이라는 사실 사이에서 망설인다. 천천히 나는 진저의 다리 사이를 누른 채 새끼가 나오는 길을 따라 되짚어 올라간다.

잠시 뒤에 진저가 내게 말을 거는 것처럼 깊은 신음 소리를 낸다. 마치 내가 자기를 돕고 있다는 걸 아는 듯이. 레이첼이 뭐라고 중얼거리는 소리가 들리는데 무슨 말인지 알아들을 수가 없다.

나는 마루에 누워 있다. 램프 불빛이 있다고는 해도 그것만으로는 침침한 집안에서 어슴푸레한 윤곽 이상을 보는 건 어렵다. 눈을 감는다. 조각 구상에 사로잡혀 있을 때 엄마가 했던 그대로다. 엄마는 눈을 감으면 마음이 집중을 더 잘 할 수 있다고 했다.

눈을 감았더니 오히려 강아지가 더 잘 느껴진다. 세끼는 단단하고 견고하다. 나는 손가락을 꼿꼿이 세워본다. 단단한 것이 움직인다.

강아지가 살아 있어! 손가락으로 쥐었더니 꼬물거리는 게 느껴진다.

"잡았다!"

진저의 가슴이 올라가는 걸 보면서 레이첼에게 환하게 웃으며 말한다.

천천히 손을 꼬물거려 본다. 그런데 전혀 움직임이 없다.

진저가 이 강아지를 내보낼 수 없는 게 당연하다. 진저가 목 깊은 데서 쉰 목소리로 신음소리를 내는데 이번에는 더 날카로우면서도 좀 더 부드럽다. 마침내 진저가 비명소리를 지르더니 이내 조용하다.

"좀 더 빨리는 못해?"

레이첼이 재촉한다.

난 손으로 강아지를 잡고 문고리처럼 돌린다. 아무 일도 일어나지 않는다. 이번에는 반대편으로 돌린다. 이번에는 약간의 움직임이 있다. 이제 막 느슨해진 잼 병처럼.

순간 멈추고 눈을 뜬다. 레이첼이 램프를 내 옆으로 옮겨다 놓는다. 하지만 속을 들여다보고 싶은 생각은 없다. 지금은 내 손가락이 내 눈이다. 강아지와 내 손가락은 이젠 거의 서로를 느낄 수 있을 정도가 되었다.

공터에서 썰매 끄는 소리가 난다. 엄마 아빠가 땅바닥에 나무토막들을 던지는 소리가 난다.

"이 작은 녀석이 내 바퀴견이 될 거야."

나는 큰 소리로 외친다. 바퀴견은 대개 가장 강한 개가 맡는 역할이다. 길이 아무리 험해도 썰매를 바로 세울 수 있어야 하기 때문이다.

문이 열린다.

"미안하다. 개울이 안전하지 않아서 다리를 놓고 건너느라 시간이 걸렸어."

엄마다.

그 순간 강아지가 아래로 내려오기 시작한다.

"나오고 있어!"

내가 외친다.

순간 나는 팔에 힘을 뺀다. 이번에는 강아지 스스로 움직이는 것처럼 보여서다. 녀석이 아래로 내려오는 것을 느낀다. 그리고 그제야 나는 그 녀석이 자유를 얻었다는 걸 확신

한다. 이제 엄마 뱃속에서 나와 자유를 얻은 것이다.

손을 빼낸다. 손에 피가 묻어 있지만 상관없다. 나는 편하게 자리를 잡고 앉는다.

"이제 진저를 놔 줘도 돼."

레이첼에게도 이렇게 말한다.

레이첼이 내 곁에 바싹 붙어 앉는다. 램프 불빛이 진저의 하얀 털 위에 그림자를 드리운다. 진저가 고개를 돌리더니 낑낑거린다.

엄마가 우리 옆에 무릎을 꿇고 앉는다. 이 자세에서는 아빠는 부츠 아래로밖에 볼 수 없다.

가문비나무 가지 위에는 새끼가 든 또 하나의 투명한 주머니가 놓여 있다. 진저가 그 주머니를 혀로 핥는다. 진저의 머리에 가려 강아지의 모습이 보이지 않는다.

"이 강아지는 우리랑 같이 돌아갈 거예요. 그렇죠, 아빠?"

공터 맞은편에서 얼음이 깨진다. 또 깨진다. 얼음 위로 흐르고 있는 물 아래서 쩡 하고 얼음 깨지는 소리가 둑에서 둑으로 퍼진다.

진저가 낑낑거리는 소리가 들린다. 진저는 자기 새끼를 핥는 일을 끝내고, 간처럼 보이는 걸 먹고 있는 중이다.

"언니?"

"왜?"

"새끼가 살 수 있을까?"

"물론이지. 숨소리를 들어 봐."

진저의 새끼는 나뭇가지로 만든 침대 위에서 꿈틀거리면서 끼잉끼잉거린다. 레이첼이 가까이 들여다본다.

"수놈이야."

아빠가 내 팔에다 손을 얹는다.

"이 녀석 좀 봐라."

나는 새끼를 들고 램프 불빛에 자세히 쳐다본다.

일단 엄청나게 크다! 들자마다 느낌이 팍 온다. 몸집은 탄탄하고 둥글다. 뚱뚱한 건 결코 아니다. 그리고 거대한 머리와 축 늘어진 귀를 가지고 있다. 나는 내 손을 컵 모양으로 단단하게 아물린다. 단단히 붙잡아서 램프 불빛이 그 녀석 위에 비치게 해야 하니까.

아직 축축하다. 그런데 진저하고는 하나도 닮지 않았다. 그런데, 그런데, 그제야 나는 아빠가 무슨 말을 했는지를 알아차린다. 이 녀석은 뉴펀들랜드 종과 아이리시 세터의 혼종이다.

나는 젖은 봄을 말리려고 그 녀석의 등을 문지르면서 털을 살핀다. 이 녀석을 처음으로 느낀 건 진저 뱃속에 있을 때였다. 그런데 그게 사실이라는 게 믿어지지가 않는다.

녀석의 털은 검다. 나는 녀석의 꼬리를 말리고 나서 손가락으로 반대편으로 털을 문질러서 털을 부풀려 본다. 꼬리에 자두 모양의 빨간색 반점들이 있다. 가슴은 엄청나게 크고 다리는 길쭉하다.

"이제 알겠니?"

엄마가 묻는다.

고개를 끄덕이던 내 목이 조여든다.

"베어의 새끼네요."

나는 녀석의 다리와 배, 그리고 마지막으로 목을 따라 문지른다.

"하지만 진저를 닮은 데도 있어요."

그의 목에서 시작해서 가슴까지 하얀 털이 군데군데 퍼져 있는 건 진저의 모습이다.

새끼가 끼잉거린다. 낑낑거리는 소리가 점점 더 커진다. 갓 태어난 녀석이 어떻게 이렇게 큰 소리를 낼 수 있는 거지? 녀석이 내 손 안에서 하도 꿈틀거려서 진저 옆에다 조심스럽게 내려놓는다. 진저는 꼬리를 탁탁 내리치고 있다.

새끼가 안간힘을 쓰면서 앞으로 나간다. 그러면서 코로 냄새를 맡더니 마침내 어미의 젖꼭지를 찾아 착 달라붙는다. 뒤에서는 엄마가 레이첼을 잠자리로 데려가는 소리가 들린다.

"더 있을래요! 하나도 안 피곤해요!"

레이첼이 떼를 쓴다.

"조금만 자고 나와."

엄마가 말한다.

아빠와 나는 앉아서 진저와 베어의 새끼를 지켜본다. 부엌 창 바깥에서는 오로라가 춤을 춘다. 통나무는 화덕 안에서 잘 타고 있고, 아빠가 뜨거운 차를 부어준다.

또 새끼가 나오지는 않을 것이다. 하지만 괜찮다. 어떻게 보면 마을로 데려가야 할 새끼들이 더 없어서 다행이다. 한 마리 정도면 내 배낭에 넣어 옮겨도 아무런 문제가 되지 않을 테니까.

나는 그동안 긴 다리를 가진 새로운 경주 개들과 짐을 끄는 넓은 가슴을 가진 노련한 개들로 내 팀을 꾸릴 꿈을 꿔 왔다. 베어의 새끼가 그런 내 팀의 시작이 될 것이다.

나는 이미 다른 머셔들이 쏴 죽이는 것 외에는 아무짝에도 쓸모없다고 한 똥개들을 데리고 와서 썰매를 끄는 개로, 심장을 가진 썰매 팀으로 훈련시킨 몸이다. 그렇다면 이 특별한 강아지와 같은 개 한 마리로 난 뭘 할 수 있을까?

"기억하죠, 아빠? 아빠가 늘 내 팀을 이끌 개들을 죽 길러 낼 수 있다고 말한 거 말이에요? 이제 그 일을 시작할 거예요."

"네가 그럴 줄 알았다. 베키."

아빠가 말한다.

나는 손을 뻗어서 새끼의 따뜻한 등을 쓸어준다. 새끼는 젖을 다 먹고 입을 벌린 채로 곯아떨어진 상태다. 종종 트림을 하면서 몸을 움찔거리다 다시 편안하게 잔다. 이제 털도 말라 보송보송하다. 램프 불빛 아래서 검은 등과 붉은색 자두 모양의 점이 있는 꼬리, 그리고 자기 엄마를 닮은 하얀 가슴이 보인다. 이 녀석을 계속 알고 있었다는 느낌이 든다.

나는 진저와 새끼 옆에서 잠에 곯아떨어진다. 중간에 잠깐 깼더니 화덕 옆에 누워 있고, 진저가 내 귀 가까이에서 숨을 쉬며 자고 있다. 누군가가 내 위로 침낭을 덮어주고 내 머리 밑에는 베개를 넣어두었다. 나는 손을 뻗어 진저를 가볍게 두드려준다. 아빠가 부엌 식탁에서 차를 마시고 있다.

"얼른 자라. 베키."

아빠가 말한다. 그 뒤에 엄마가 한 손에 램프를 들고 침실에서 나온다.

"괜찮니, 베키?"

엄마가 묻는다.

"안 잘 거야?"

"진저랑 새끼를 돌봐야 해요."

나는 졸음을 참으면서 말한다.

"그래라. 하지만 추우면 말해."

엄마가 당부한다.

"이야기 좀 합시다."

아빠가 엄마에게 말을 건다.

엄마는 램프를 들고 문간에 서 있다. 램프 불빛에 비친 엄마의 얼굴이 밝고 젊게 보인다. 엄마의 머리카락이 어깨 위로 느슨하게 내려와 있다.

엄마가 침실로 들어가고 아빠가 일어나서 뒤따라간다. 아빠가 침실 문을 닫을 때, 닫히는 문에 따라 방의 불빛이 점점 사라진다.

진저 옆에서 새끼가 기지개를 펴더니 하품을 하고 다시 엄마 품으로 파고들더니 젖을 빨기 시작한다.

양념 중에서 우리를 가장 펄쩍 뛰게 하는 게 뭐더라? 칠리? 그래, 이제부터 저 녀석의 이름은 칠리야. 칠리라고 불러야겠어.

13

　밤사이 여러 번 깨서 손을 뻗어 진저와 새끼가 괜찮은지를 살핀다. 잠깐 동안 어둠 속에서 소곤거리는 엄마랑 아빠 소리에 귀를 기울여보기도 한다. 하지만 무슨 말인지 알아들을 수는 없다. 칠리는 태어난 지 몇 시간밖에 안 된 녀석치고 엄청나게 큰 소리로 끼잉거린다.

　마침내 아침이다. 레이첼은 방을 가로지르며 물구나무를 서고 있다. 손을 짚고 거꾸로 섰다가 공처럼 몸을 둥글게 말아 돌아서서 내 옆에 착지한다.

　"괜찮아?"

　내 옆에 무릎을 꿇고 앉아 레이첼이 묻는다.

　"잘하고 있어. 벌써 통통해진 것 좀 봐."

　나는 그 녀석을 들어 올려서 레이첼에게 건네준다. 배가 탄탄하고 둥글다. 고 녀석이 몸을 꼼지락거리며 깽깽 한다.

"칠리, 얘는 레이첼이라고 해."

내가 칠리에게 레이첼을 소개해 준다.

레이첼은 그 녀석을 가슴에 꼭 안아준다. 젖을 찾느라고 칠리가 고개를 앞뒤로 움직인다.

"으악! 내 셔츠를 빨고 있어, 더러워!"

레이첼이 뜨거운 것에 데기라도 한 듯이 칠리를 얼른 돌려준다. 나는 칠리를 진저 옆에 놓아준다.

"팬케이크 먹을 사람?"

엄마가 부른다. 엄마가 삐져나온 셔츠와 헝클어진 머리에 맨발로 식탁 옆에 서 있다. 귀 뒤에는 연필 한 자루가 꽂혀 있다. 엄마는 하품을 하면서 기지개를 편다.

"배고프다!"

엄마는 눈을 비비면서 이렇게 말한다.

"난 팬케이크 10개 먹을 거예요."

레이첼이 뒤로 한 바퀴 돌면서 말한다.

"엄청나게 많은 시럽을 뿌려서요."

그러고는 팔짝 뛰더니 공중에서 가위처럼 다리를 찰싹 벌리면서 물구나무를 선다. 다리가 선반을 건드리는 바람에 책들이 비처럼 레이첼의 머리 위로 쏟아져 내린다. 그렇다고 주춤할 레이첼이 아니다. 이번에는 몸을 공처럼 접더니 반대

편 벽을 향해 앞으로 구른다.

"오, 예!"

레이첼이 팔짝 뛰어 일어나면서 이렇게 외친다.

우린 다 같이 웃는다. 아빠는 침실 문간에 서서 지켜보고 있다. 아빠는 미소만 살짝 짓고 있지만 최소한 노력은 하고 있는 것처럼 보인다.

이 집으로 오기 위해 밤새 얼음 위로 넘쳐흐르는 물과 싸웠던 게 불과 하루 전이었다. 그런데 지금은 온 가족이 집에서 웃고 있다. 게다가 진저가 여러 마리의 새끼를 낳았으면 큰일 날 뻔했는데, 한 마리만, 그것도 평생 내 개가 될 강아지를 딱 한 마리만 낳았다.

하지만 아직 해야 할 일이 하나 있다. 나는 부츠와 외투를 챙긴다.

"곧 돌아올게요. 칠리하고 진저 잘 보고 있어야 해요."

이렇게 말하고 집을 나선다.

아침 공기가 차갑다. 짙은 푸른색 하늘에 구름 몇 점이 빠른 속도로 움직이고 있다. 어젯밤 우리가 지나왔던 길이 보인다. 공터를 가로질러 둑 아래로 난 터보건 자국, 지금은 몇 미터 높이로 흐르는 물 아래 묻혀 버린 강 위의 흔적들.

지금 같아선 우리는 썰매를 끌고 돌아갈 수 없을 것이다. 얼음 위로 흐르는 물의 양이 장난이 아니다. 이젠 땅이 마르

188

기를 기다렸다가 육로로 걸어서 가는 수밖에 없다.

나는 둑을 따라 걷는다. 해가 산 위로 떠오르고 햇살이 눈 위로 눈부시게 쏟아진다. 어젯밤 내린 서리 때문에 눈의 표면은 단단하다. 하지만 그 단단한 표면 아래는 질척거린다. 가문비나무 아래의 땅에는 이끼와 검은 흙뿐이다. 햇살이 이끼 위로 흩어진다.

거기에 그것들이 보인다. 타원형의 작고 푸른 잎 사이에 도드라져 있는 붉은색 베리. 눈 밑에서 겨울잠을 자다 갓 깨어난 크렌베리다! 나는 모자를 벗고, 몸을 낮춘 뒤 크렌베리를 따기 시작한다.

크렌베리 나무마다 아직까지 푸른 잎이 달려 있다니 놀랍다. 시들거나 마른 잎이 아니라 첫눈이 왔을 때와 마찬가지로 물기가 남아 있는 그런 잎이다. 크렌베리에서는 엄마의 빵이 부풀어 오를 때처럼 이스트 냄새가 난다. 나는 이 나무에서 저 나무로 이끼 속을 헤집고 다니면서 크렌베리로 내 털모자를 채운다.

다음에 나는 죽은 강아지를 이곳으로 데려와 가장 넓은 나무 아래에다 묻어줄 것이다. 그런 다음에 가장 예쁜 돌을 골라 덮어주고 마지막 인사를 하기 전에 그에게 이름을 지어줄 생각이다. 칠리처럼 양념 이름이 아니라 훨씬 더 예쁜 이름을 지어줄 것이다.

슈거, 그를 슈거라 불러야겠다.

내 주변의 눈서리가 녹고 있다. 가문비나무 꼭대기에서 따뜻한 바람이 분다.

칠리. 내 강아지의 이름을 크게 불러본다. 12일이 지나면 눈을 뜰 것이고 나를 알아볼 것이다. 3주면 나를 따라 바깥에도 나올 수 있다. 한 달이면, 그때까지 우리가 오두막에 있다면 킁킁거리며 새싹들의 냄새를 맡으러 다닐 것이다. 이름을 부르면 달려오는 법도 배울 것이다.

까마귀 한 마리가 우리 쪽 둑에서 저 쪽으로 날아가고 있다. 비스듬히 기운 채로 미끄러지듯 날며 까악까악 공중을 빙빙 돈다.

나는 모자를 내려놓고, 눈이 없는 맨 땅으로 간다. 조심스럽게 다리를 벌린 채로 선 다음 물구나무를 선다. 물구나무 선 채로 비틀비틀 불안정하게 걷는다. 마침내. 양 손이 눈이 스칠 때까지 걷다가 다시 원래대로 돌아온다.

"오, 예!"

갑자기 총소리를 내며 강의 얼음이 깨진다. 탕! 탕! 탕탕탕! 물살이 가장 빠른 둑 바로 아래에서 얼음이 푹 꺼진다. 수달 한 마리가 고개를 쑥 내밀고 수염을 씰룩거린다. 생긴 게 꼭 강아지 같다.

다른 가족들에게도 보여 주고 싶다.

"이리 와 보세요!"

나는 오두막으로 뛰어가면서 소리를 지른다. 크렌베리가 들어 있는 털모자가 출렁거린다.

"얼음이 깨진 곳에 수달이 있어요."

수달은 물속에서 기어 나와 얼음 위로 흐르는 물속을 미끄러지듯 움직이더니 둑 위로 올라간다. 둑 위에서 잠깐 멈춘다. 그리고 수염을 씰룩거리더니 터보건 자국처럼 보이는 곳으로 미끄러지듯 내려간다. 그가 다니는 길인 모양이다.

아빠는 햇빛 속에 서 있다. 아빠의 얼굴은 면도 거품으로 뒤덮여 있고 입에는 담배를 물고 있다. 엄마는 레이첼을 데리고 나온다. 한 손에는 스케치북을 들고 있다. 우리는 다 같이 강둑을 걷는다. 아빠는 둑에 무릎을 꿇고 차가운 물로 얼굴의 거품을 씻는다. 엄마는 귀 뒤에서 연필을 꺼낸다.

세수를 마친 아빠의 얼굴에서 수염이 사라졌다. 아주 오래 보지 못한 것처럼 조금은 낯선 아빠의 마른 얼굴이 아주 선명하게 드러난다. 레이첼은 둑 아래로 거칠게 물구나무를 서고, 그 바람에 놀란 수달이 쏜살같이 사라진다.

엄마가 씩 웃으며 연필 잡은 팔로 내 어깨를 두른다. 엄마의 스케치북 첫 페이지에는 오두막집과 진저의 윤곽이 그려져 있다. 언뜻 내가 진저 옆에 무릎을 꿇고 앉아 있는 모습도 본 듯하다.

"봄이구나."

엄마가 말문을 연다.

페퍼는 공터에서 행복한 비명을 지르기 시작한다. 솔트도 따라한다. 그 다음에는 아빠의 개들까지 합세한다. 오두막에서 나온 연기가 햇살 가득한 산꼭대기 쪽으로 날아간다.

나는 산 공기를 깊이 들이마신다.

집이다!